어글리 플라워

어글리 플라워

황용순 시집

앨리스북클럽

못생겼습니다.

죄송하진 않습니다.

종종 넘어집니다.

넘어졌던 흔적들을 시라고 하는 일은

조금 미안합니다.

차례

7

1. 거짓말이라는

그럼에도 불구하고

내가 좋아하는 시간 속에
당신들
모두들 주연의 자리에서 경쟁하듯 또는
구름들이 저마다 다른 색깔을 내며 미끄러지듯
1968년 간첩들이 총을 쏘고 다른 나라에선
혁명이 시작되고 안나와 세기와 마테오가 순간을 그리
고 노래하듯
나의 죽음이 어제였어도
1970년에 이미 태어나기 전에 죽었어도
와우아파트가 무너져 비명에 비명을 더하듯이
전태일이 몸과 마음을 불태워 스스로를 증명하듯
당신들
내가 좋아하는 얼굴들 얼굴들
당신들의 목소리가 때로 높게 때로 낮게
신을 욕하고 있는 나를 향해
흔들리는 한쪽으로 심하게 기우는 너의 걸음걸이는
지옥을 감출 수도 달아날 수도
그러니 너의 비명이 노래가 되게

소리 잃은 음악이 되게

1972년 당신이 세상에 첫선을 보이던

그래서 내가 태어날 수밖에 없게 되던

토요일 겨울 당신들의 부드러운 피부에 이슬이 맺히듯

또 어디선가 고통당한 인간들 앞에 둘러싸인 신들이 모여 포커를 치듯

지금 이 순간이 나는 필요 없어요

당신들이 모두 죽을 것을 알지만

달아나지 않을 테니까

당신들의 아내와 당신들의 남편과 나는 아름다운 밤들을 보낼 거니까

그러니까 정말정말이라는 새들과 절망절망이라는 태양과

고통에 짓눌려 웃기만 하는 새하얀 너의 입술과

어둡고 아파도 사랑밖엔 난 몰라 아 물론

내일이면 잊을 테지만

그럼에도 불구하고 내 차가운 심장에 빗방울 같은 피아노 소리를

기타는 네가 꿈꾸는

　벌컥벌컥 파도는 세상을 들이켜고 남은 물거품과 흩어
지기 전 바람이 넋두리 같은 노래를
　기타는 네 발을 간질이는 물고기, 기타는 네가 잠잘 때
불어오는 바람, 기타는 절벽에 핀 꽃, 기타는 네가 꿈꾸는
　눈을 감고 기타를 잡고 있으면 저절로 연주될 거 같아
　파랑과 연두와 분홍 앞에서 기타 줄은 춤을 출 거 같아
　나의 손가락 대신 수많은 잎이 기타를 연주할 거 같아
　아무리 순간순간을 퍼덕여도 늘 서투른 나는
　눈을 감고 너를 떠올려야만
　연주를 할 수 있을 거 같아
　나는 자는 게 아니야
　소리가 들리지 않더라도
　나는 어딘가에서 기타가 되는 거야

길

나는 나를 지탱하고 있는
이 끝없는 고속도로의 냄새를 느끼지
그건 어쩌면 내 탄생의 비밀인지도 몰라
갑자기 깊은 잠에 빠져들어
눈을 떠 보면 미소 짓는 하이얀 피부의 여인
가쁜 숨을 몰아쉬며 나를 내려다보고 있지
나는 그녀의 젖꼭지를 물어뜯으며 너무도
어머니가 보고파져 눈물을 흘리다
더욱더 애처로운 목소리로
엄마 엄마 당신이 날 낳은 곳으로
다시 들어가고 싶어요 절 받아 주세요
아 찢어질 것 같아
그래 이건 고속도로의 끝이자 시작인지도 몰라
온몸의 기운이 빠져나가는 듯 해
그녀는 나를 보며
오 나의 귀엽고 사랑스러운 아가야
편히 잠들거라
그래 난 다시 생각해 이건 나의 끝이자

시작인지도 몰라
누군가 이런 애기를 해 주었던 것 같아
우주 끝을 뚫고 나가면 어떻게 되느냐고
자기가 처음 서 있던 곳으로 다시 되돌아온다고 하지

꿈속에서

꿈속에서
꽃이 가득한 정원에 앉아
피아노를 치는 친구와 그림을 그리는 친구
글을 쓰는 친구와 차를 마시며
사랑에 관해 이야기를 나누었다
평소 풀리지 않던 사랑에 대한 질문들에 대해
내 입에선 너무도 명징한 대답이 쏟아져나왔고
감탄한 친구들이 노래를 부르고 춤을 추기 시작했다
나도 내가 한 얘기지만 너무 감탄스러웠다
그런데
친구들이 돌아가고 얼마 지나지 않아
그게 다 무슨 소용이지? 나도 모르게
눈물이 후드득 떨어졌다
금세 어둠이 몰려왔고
주위엔 개미의 한숨 소리조차 들리지 않게 되었다
  오직 귓가엔 그게 다 무슨 소용이지? 라는 웅얼거림만
되풀이될 뿐

부픈 혹

머리끝부터 발끝까지 저리고 저런 시간이 지나면
곧 비가 옵니다
마음이 방울방울지면 어디에서든 당신의 냄새
코를 막으면 들리는 당신의 웃음소리 귀를 막으면
자꾸 간질대는 마음들의 시간이 지나면
살아있다는 고통 그만 두어야 하는 고통
떨어지고 떨어져도 닿지 않는 바닥
기어갈 수도 날아오를 수도 걷지도 못하는 비명
그러니까 당신을 갉아먹는 12월의 어느 날 오후 5시 43분
아직 해는 지지 않았고 제 부풀어오른 혹은
파닥파닥 꿈틀댑니다
혹이 터져 당신의 바닥을 더럽히는 일
그 더러운 냄새를 당신에게 보이는 일
그런 일들이 일어나기 전에
당신에게 따스한 밥을 만들어드리고 싶습니다
당신에게 제가 맛있는 후식이었으면 좋겠습니다
당신의 잠이 맛나기를 바라며
당신이 잠든 새벽에 떠났으면 좋겠습니다

그때 부푼 혹을 터트려 떨어지는 일을 멈췄으면 좋겠습
니다

분홍색 이빨들

안녕 오늘도
꽃은 피지 않고 안개만 피어서
네게 안개 같은 인사만
너는 한숨만
내게 할 말이 없니?
내게 뭐가 되고 싶은 뭐 그런 거 없니?
나는 걷고 싶고 보고 싶고 떠돌고 싶고
너무 무거워서 자꾸 무릎이 튀어나와
미안하지만 분홍색 비가 내리는 건 내 잘못이 아니야
내 잘못이 되는 일들 그냥 네가 보고 싶은 이유들이
내게 할 말이 그것밖에 없니?
넌 왜 못 알아들을 소리만 하니?
난 악어와 안개의 자식이란 소릴 들었어
그걸 넌 이해할 수 있니?
난 네가 되고 싶다는 걸
네가 악어라면 난 안개가 되면 되는 거 아니야
뭐가 만날 혼자만이야
뭐가 그렇게 대단해

어차피 삶은 별거 아니라며?

나도 네 웃음을 좋아해

밤은 너무 짧고 낮은 너무 지독해

삐걱거리는 어둠의 소리들

악어도 안개도 아닌 그 안에 날카로운 분홍색 이빨들

네가 고기를 먹는 모습을 좋아해

하지만 난 이미 잠식당해버렸어

내 잘못이 되는 일들 그냥 내가 지워야 할 나라는 이유들

비가 오니까

비가 오니까 네게로 가야지 길을 나섰지만 그곳에
네가 없을 걸 알아 그럼 어디로 가지? 네가 자주
가던 서점에는 책들이 추락하고 있고 비는 비인지
눈인지 분간이 가질 않아 어디서부터 어떻게 젖어
버린 건지 사람들은 우산도 없이 젖지도 않고 길을
걸어가고 왜 나만 온통 젖어버린 거지? 거리에는
쉼표가 보이지 않아 온통 물음표와 느낌표들 그리고
마침표들 비가 오니까 네게로 가야지 가야지 하는
마음에는 비가 그치지 않아 참 이상하다 그렇지?
어쨌든 비가 오니까 네게로 가야지 네가 자주 가던
카페에는 의자들을 몽땅 치워버렸어 어느 곳에 가든
앉을 수가 없어 앉을 수 없는 마음은 자꾸만 비틀대다
태양 때문에 눈이 부셨어 어 뭐지? 근데 어떻게 비가
내리는 거지? 내가 움직이는 쪽으로만 비가 내린다고?
네게로 가야 하니까 비가 오는 거겠지 나를 젖게 만든
비를 따라 네게로 가야지 빗물이 나의 코와 입과 귀로
숨도 쉬지 못하게 스며들어도 네게 다다르면 그때는
쉴 수 있겠지 숨을 수 있겠지

비가 온다 하지 않았나

비가 온다 하지 않았나?
어떻게 비가 분홍색일 수 있어?
초록색 구름이면 가능한 일이야
네가 다시 오면 가능한 일이고
그래도 비가 온다 하지 않았나?
사나운 한숨처럼 졸린 서랍처럼
두드려도 절대 열어주지 않는 문 앞에서
문을 두드리는 일 너무 약하지도 강하지도 않게
쉬지 않고 일정하게 문을 두드리다 보면
문은 열리지 않고 비는 올 거고 가기도 하겠지
비가 오면 노래가 또 문을 두드리는 소리가
잘 들리지 않게 되잖아 어쩌면 네가 오는 소리도
하지만 비가 온다 하지 않았나?
비가 내리는 건 구름의 일
비가 오는 건, 비가 오는 건
구름을 색칠해봐 비가 오는 건
우리가 젖어야 하는 일이고
흘러가야 하는 일이야

방금 구름을 가지고 노는 고양이를 봤어
오늘 비가 온다 하지 않았나?

비는 내리는 것이지 당신은

비는 내리는 것이지
별빛은 흐르는 것이고
파도는 솟구치는 것이지
당신은
어슬한 마음과 흩어지는 길들 사이로
분홍구름이 열리는 나무
그 나무를 뭐라고 부른다 했지?
당신이 열리는 그 나무
그래서 그런
아름다운 꽃이 피어나면
천국 대신 지옥이 깨어난다는
당신이 흘러넘치던 그 나무
그 나무에 꽃이 피면
들어본 적이 없는 아름다운 음악이
귀를 막고 도망쳐도 끝까지 따라와
귀를 멀게 한다는 그 나무
겨울과 여름도 없이
꽃이 피면 실성한 웃음이

물들이고 만 봄 봄 봄
슬픔도 고통도 아니게 되는 봄 봄 봄
몸도 마음도 물속으로 다 가라앉고 나면
그때 다시 잠들게 된다는 그 나무
당신은

비틀대는 춤

춤추는 물푸레나무 아래서 물들어 같이 춤출 무렵
당신은 결국 휘어지다 못해 꺾였습니다
한쪽으로 꺾인 당신 쪽으로 가 닿고 싶지만
나의 춤도 한 방향으로만 흔들댑니다
보이지 않아 당신이 어느 방향인지도 모르는 방향으로

살아온 얘기는 그만 할게요

살아온 얘기를 하면 사람들은 거짓말하지 말라고 해요
찌그러진 냄비처럼 생긴 저라도
축축하고 지워지지 않는 냄새의 소유자인 저라도
기도는 하고 살아요
제 두 눈동자가 회전하고 있어도 당신을 보고 있는 것처럼
기도를 하면 늘 술이 마시고 싶어요
그러니까 살아온 얘기를 하면 사람들은 까르르까르르
웃다가 울다가
제 등을 두드려요
두드려도 제 불행은 열리지 않아요
그러니 걱정 말아요
당신을 위해 불쌍의 골짜기로 저를 보내지 마세요
불쌍한 건 지금 제 살아온 얘기를 듣고 있는 당신일 수
있지
못생긴 제가 불행해지는 건 아니에요
회전하던 눈동자가 툭 튀어나오더라도
갑자기 온몸이 뒤틀어지고 고통이 나를 자꾸 낚아채도
당신이 나의 살아온 얘기를 듣다 눈물이 난다고 해도

그건 제 불행과는 상관없는 일

당신이 얘기하는 천국이 나와는 전혀 상관없듯이

그러니 당신이 제게 넌 못생기지 않았어 아무리 얘기해도

저는 코끼리가 밟아놓은

무수한 소문들이 침을 뱉은

흘러내리는 못생긴 얼굴 하지만 그런 얼굴로 저를 보지
마세요

저는 벌레처럼 기어 다녀도 전혀 불행하지 않아요

이제 살아온 얘기는 그만 할게요

그러니 당신도 울지 마세요

그렇게 반응하는 건 너무 상투적이잖아요

제 살아온 얘기는 잊어버리고 아름답고 잘생긴 사람들
이 있는 곳으로

가세요

상봉역에서

토할 때마다 축 늘어진 구름이 뱉어진다
상봉역에서 겁 많은 사자와 마녀 도로시를 만나기로 했
지만
불시에 찾아온 캔자스시티행 막차를 타버렸다
만나야 할 사람을 만나지 않는 것
주어진 삶을 반박할 것
창밖으로 흩어지는 토사물들을 보며 창문에 글씨를 쓴다
텡게르와 뎅게르 그리고 또로로록
윤회도 회전도 원치 않는다
언제나 Welcome To The Hell
언제나 천국은 너희들의 것
돌아가신 아버지와 어머니가 나를 불러도
파묻은 것은 파묻은 대로
캔자스에 도착하면
싱싱하게 죽은 낙타나 잠들어있는 분홍색 바람으로 갈
아타야지
그리고 푸르댕댕한 어둠 속으로 들어가야지
그곳에서 덕지덕지 붙어있는 지느러미와 날개들을 떼

어버리고
 조금씩 부서져 물방울이 되어야지
 안녕 도로시
 그리고 안녕 이름을 뺏긴 사자

오래전에 죽은 새

오래전에 죽은 새가
자꾸만
따라다니는 아침
허공 속에 피어난 꽃들처럼
피어나기만 하고 질 줄 모르는
생각들
또는 구름과 나부끼는 말들
왈칵 하고 쏟아진 당신의 얼굴
가벼워지지 못하는 날개는 위험하다

옥탑방에 살던

옥탑방에 살던 기억을 떠올려보면
거기엔 네가 있었고 흰수염고래가 있었고
가지 고추 상추가 열리는 정원이 있었고
너와 함께 같이 날아다니던 기억이 있었다
가끔 지친 별들이 쉬었다 가기도 했고
네가 부르는 노래에 맞춰 새들이 춤을 추기도 했고
흐르지 않는 마음이 가끔 울어대기도 했다
지금은 갈 수 없는 옥탑방
이미 허물어진 그 곳
다시 쌓아올리기 힘든 기억
만날 수 없는 너
어디에 있을지 모르는 흰수염고래를 찾아나서야 할까?

우리는 서로 봄

사랑이란 말에 자꾸 넘어지는 건 왜일까?
우린 겨울에 만났고 봄이 올 것을 약속하지 않았어
그럼 우리는 뭐야?
우리는 서로 봄
봄을 약속하지 않는 서로 봄
추락하는 도중에 비상하는 새들을 만나는 일은 어색한
일일까?
겨울에는 빨래가 잘 마르지 않아
네가 숨을 쉬며 나를 바라보면 입술이 바짝 마르는데
모든 것이 바짝 활짝 반짝거리는 봄을
우리는 약속하지 않았어
그럼 우리는 뭐야?
물음표가 가득한 거리에 내려앉은 구름소파
그 안에서 우린 잠시 서로 봄
너와 나 사이에 비가 내리고 웅덩이가 파여도
누구도 앗아갈 수 없는 지금 우리는 서로 봄
하지만 나는 추락하는 도중 네가 하는 날갯짓이 좋아
너를 잡을 수는 없어 겨울엔 너의 숨결이 좋아

너와 나 사이에 수많은 귀신과 목이 잘린 새들의 울음
서둘러 아침이 오면 사라지는 밤의 목소리들
우리는 다시 올 밤을 다시 올 겨울을 약속하지 않았어
봄이 오면 모든 것이 바뀌겠지
봄이 오기 전 우리는 서로 봄
서로에게 흘러 서로 사라질 때까지

울지 마세요

울지 마세요
당신의 세상이 지옥 같은 것이 아니라
세상은 지옥이고 다만 꽃이 필뿐입니다
세상이 천국이라고 말하는 웃음들이 있습니다
그건 뜨거운 지옥 위를 날아다니며 자신이 타들어 가는
지도 모른 채
자유롭다고 생각하는 날갯짓 같은 것입니다
다만 우리에겐 죽음이 있습니다
죽음이 있기에 지옥의 생도 지낼 만합니다
죽음이 있기에 당신의 웃음도 있고 시도 있고 음악도 있
습니다
아니 다시 말하겠습니다
이곳이 지옥이기에 당신의 웃음도 피어나고 음악도 피
어납니다
천국에선 새가 날지 않습니다
천국에선 웃음도 꽃도 지지 않습니다
저물지 않는 생이 천국이라면 그곳에선 시도 음악도 필
요하지 않습니다

신이 우리에게 선물해준 지옥과 죄의식 자꾸 분열되는
자아들은
아름다움의 씨앗 같은 것인지도 모릅니다
도저히 견딜 수 없는 당신이기에
아름다운 지옥을 누려보세요 너무 걱정하지 말고 곧 끝
날 테니까
가시침대와 수많은 잎들이 따귀를 때려주는 지옥의 파
티를
당신의 투명한 상처에 술을 부어드리겠습니다

이유 없이

이유 없이 곳곳에 꽃이 피듯
이유 없이 곳곳에 멍이 드는 아침
당분간 꽃이 피지 않도록
당분간 멍이 계속 피더라도
나무는 매일 불타고 그 사이로 재가 되어 뚝뚝 떨어지는
하루 하루
불타는 세상이 지루하다 싶으면 내리는 빗줄기와 바람
그 사이에서 툭 하고 내게 던져지는 당신 당신

잘 들어봐

잘 들어봐
아주 간단해
존재는 머물 공간이 있어야 해
어쩌면 크든 작든 존재는 공간이기도 하고
그런데
나에겐 공간이 없어
무슨 말인지 알겠어?
— 그런데 어떻게 숨을 쉬고 있어?
그래서 늘 힘들어
내게 공간이 없다는 건 입구도 출구도 없다는 거고
바깥도 안도 없다는 거고
어쩌면 피와 똥도 구분이 안 되는 것과 같은
— 무슨 말인지 모르겠어
다시 잘 들어봐
기도는 구원을 향한 것이고 구원은 공간을 향하는 거야
끝나지 않는 시간을 향하는 것이고
그런데 뿌리도 없고 잎도 없이 꽃봉오리만 있는 꽃
허공에 있는 나무를 상상할 수 있어?

허공은 늪이 아니야 그냥 바닥이 없는 거야
— 왜 너는 알아들을 수 없는 말을 할까?
그래 잘 알아들었네! 바로 그거야
존재는 공간이 필요하고 나에겐 공간이 없어
그러니까 그러니까

잠들지 않는 이별

아픔이 버릇처럼 깨어나는 새벽
그리움은 지칠 만도 한데 감출 데가 없다
잠들지 않는 별빛을 보며 그리움의 지도를 그리다 보면
갈 수 없는 세계에 대해 넘어가지 못하는 선에 대해
꾸깃꾸깃해진 마음의 가장자리에 대해
두리번거리기만 하는 생에 대해 미안하기도 전에 욱신거린다
나는 언제나 누군가와 만나기 이전에 이별을 했고
이별하기 이전에 만나지 않았다
사방에서 오는 순간들에 대해 등을 돌리고 있었다
중얼거리는 삶의 참혹함이 언제나 나의 뺨을 때렸다
태어나기도 전에 무릎 꿇어버린 삶에서도 바랄 게 있다면
나에게 그리움을 안겨준 당신들을 위해
당신들이 숨어있기 좋은 방 하나 마련하는 거
물론 당신들이 더 편하게 있기 위하여 나는 흔적도 없을

재채기

너는 언제나 펄럭이는 몸짓 그 자체
그 펄럭임 따라 몸을 움직이다 보면 마음이 먼저 멀미를
하는
너는 언제나 직선 매번 삐뚤 흔들리지 않는 법이 없는
너는 흐르지 않는 강물
왜 강물은 바다에 풍덩해야 하는 거예요?
난 흔들바위 위로 솟구치고 싶은데
내 몸 위엔 고래가 있었으면 좋겠어요 고래고래 소리 지
르는 너
네가 서 있는 곳과 내가 서 있는 곳 그 사이가
누군가의 아가리라고 생각하면
그 아가리 사이로 너와 나의 목이 닿는 지점을 어금니라
고 생각하면
아가리가 가지고 있는 혀와 폭포수 같은 침들을 타고 아
가리 깊은 속으로
들어가면 우리는 녹아버리게 될까? 아니면 저 신성한
구멍 바깥으로
나가게 될까? 그러니까 나갈 구멍이 거기 밖에 없는

애취, 재채기를 통해서라도

나갈 수 있을까?

그러면 이 생도 끝나 있을까? 지긋지긋한 습작 같은 삶
도?

전화가 올까요

내내 소식 없던 당신에게서
전화가 올까요?
가을이에요 축축했던 마음이 바스락거려요
단단했던 혀에서 뼈를 빼내는 작업을 했어요
이제 혀를 굴릴 수 있고 당신을 당신이라 부를 수 있어요
당신의 손에는 태풍이 담겨 있어요
당신의 손을 잡자마자 우주 밖으로 튕겨나갈 거 같아요
아마 심장만
내내 소식 없던 당신에게서
전화가 와도
당신으로 인해 따스하고 당신으로 부풀어도
이 생에서 저는 당신과 함께하는 이름으로 불릴 순 없어요
다시 혀에서 뼈가 자라요
혀를 빼내지 않는 한 뼈가 자라는 걸 막을 순 없어요
뼈가 혀를 다 덮어버리기 전에 불러보는 당신
가을이에요 금방 스르르 하고 빠져나갈 가을이에요
겨울이 세상을 덮고 봄은 오지 않을 거예요
혼자일 수밖에 없는 사람이라

미안해요 당신을 부를 수 있어 좋았어요
뼈가 혀를 다 덮어버려도 속으로 계속 부를 당신

절룩이는 침대

오늘은 짜증이 나는 날이다
물론 어제도 그랬고 내일도 그러하겠지만
여기저기서 반복되는 지루한 노래들
재수 없는 까치 우는 소리
태양은 쪼개지고, 쪼개지고
나쁜 꿈들은 복사되고 합쳐지며 증식한다
마음을 재는 저울들은 부서졌고
고함치는 사람들만 가득하다
잠가라! 잠가라! 잠가라!
당신이 쿨럭! 하고 기침을 하자
잠긴 문을 부수고 그들이 당신을 끌고 갔다
이제 이곳에는 아무도 없다
당신이 아픈 날 나는 태어났기에
그러니까 이곳에는 나도 없고 당신도 없다
아픈 의자와 절룩이는 침대와 거꾸로 가는 시계만
그러니까
잠가라! 잠가라! 잠가라!
오늘은 짜증이 나는 날이다

諸家

제가 사랑하는 당신이 가장 아름답다고 평가받는 슈만
의 안단테를 연주하고 있을 무렵
사람들이 모두 일어서 넋을 잃고 눈물을 흘릴 무렵
당신이 벌떡 일어나 흐헤흐헤후훼흐르 웃음을 터트렸
어요
객석을 향해 어차피 우린 죽을 거고 난 이 음악에 갇힐
수 없어
아름다움이 뭔지 알아? 소리쳤어요
그리고는 해머를 꺼내 피아노를 부수기 시작했죠
그 음에 맞춘 알레그레토~
그러니까
제가 사랑하는 당신의 그림이 전시되어 있었어요
모두들 그 사랑스러운 그림을 보며 황홀해 하고 있었어요
그 그림 안에는 순수한 아이들과 사랑스러운 여인과
고독한 당신의 뒷모습, 그리고 움푹 패인 당신의 시선이
곳곳에 있었어요
천사는 온몸이 눈으로 뒤덮여 있다! 라는 표현이 딱 맞
는 그림이었어요

문화를 아는 부유한 사람들이 앞다투어 더 높은 돈을 제
시했어요

그 모습에 모두들 박수를 치기 시작했지요

그때 쿠헬레쿨루쿨루 이상한 소리를 내며 당신이 울어
버렸어요

그리고는 옷을 벗더니 발가벗은 모습으로 고양이처럼
여기저길 뛰어다니며

당신의 그림들을 찢어 버렸죠 사람들이 놀라 소리를 지
르자

당신 그림 안에 있던 아름다운 파편들이 연주하듯 소리
쳤죠

아름다움이 아름다움 안에 갇힐 수는 없어 그러니까 폴짝
팅기듯 말 듯 웃는 듯 우는 듯

사방팔방에 자신의 눈을 심고 다니는

그래서 그럴 수밖에 없는 시를 쓰는 그러니까 자신의 씨
앗을

시로 만드는 대장장이 같은 그러나 언제나 나무를 심는
그러나 언제나

처음 보는 꽃을 만드는 그런 당신의 시를 사람들이 앞다
투어 낭송하고 있었어요

어떻게 저런 표현이~ 기존의 세계를 응축해 또 다른 세
계를 만들어내다~

찬사를 보내고 박수를 치고 누군가는 눈물을 흘릴 때

당신은 성큼성큼 울고 있는 사람 앞으로 가 키쉬마르 키
쉬미르~

그 사람의 뺨을 힘껏 때렸죠

폴카 힘껏 리듬에 맞춰~ 모두 춤을 추는 이 순간을~

담아낼 필요는 없어요 그저 키헤르케헤르 리듬에 맞춰

곰을 때리는 인간은 죄가 있지만 인간을 때리는 곰에게
는 죄가 없어요

그러니까 큰 곰과 작은 곰도 리듬에 맞춰 페테르! 훼테르!

2. 허깨비라는

dajai

밤의 눈동자를 갖고 싶었어
내 몸은 불량품 늘 어딘가 부서져 있지
너를 기다리며 삐그덕거리는 춤을 추어보지만
네 모습은 보이지 않고 거울을 봐도 내가 보이지 않아
사라져가는 내 모습을 붙잡고 다시 일어나 길을 떠나야지
그러기 전에 살아 있는 너의 숨소리를 듣고 싶어

나는 매일 벌레

나는 매일 밤 당신을 죽입니다
죽여도 죽여도 머리카락 사이로 손금 사이로
당신은 새로 태어납니다
오늘 하나를 죽이면 내일 열이 되고
내일 열을 죽이면 모레 백이 됩니다
차라리 내가 죽어버리면 끝날 일을
벌레처럼 죽으면 죽을수록 더 눈에 띄는
나는 매일 아침 당신에게서 달아납니다
달아나려고 할 때마다 피어나는 고통들
몸에 돋아난 털의 수만큼 따귀를 맞습니다
쫙 쫘아악 쫙 한참 맞다보면 웃음이 납니다
또 달아나지 못했군
눈을 감고 아프지 않게 죽을 방법을 생각합니다
눈을 감고 아프지 않게 당신을 떠날 방법을 생각합니다
하지만 자꾸자꾸 기침이 나고 딸국질이 나고 배가 아프고
도처에 구멍들이 생기고 구멍들은 점점 커지고 구멍들마다
당신이 기어 나옵니다
달아나려는 시간 속에 저는 갇혀버렸습니다

그 시간 안에서 도처에 널린 나의 시체들을 봅니다
무덤 속까지 따라온 당신
무덤 안에서 울리는 당신의 웃음소리
소리를 지르고 싶지만 쓸모없는 눈물밖에는
눈물 안에 갇혀서 달아나지 못하고 버둥거리는 벌레

나라는 벌레

그러니까 당신의 죄지
내내 슬픔이었던 오후에
내내 달콤하고 내내 부드럽고 내내 반짝여서
아니 아니 그런 것들은 빌미가 되지 못하고
당신이라는 촉각 당신이라는 꼬리
오직 당신만이 빌미가 되어버린
나라는 벌레

나라는 소문과 너라는 웃음

비가 갑자기 왔다 갑자기 그치고
예고는 시간별로 어겨지고
너는 못 알아들을 소리를 하고
옆집 개는 너의 못 알아들을 소리를 이해하고
구름은 번쩍번쩍 히죽히죽 웃어대고
나를 사랑하는 악어는 호기심을 누르고
나의 손가락과 발가락만 먹어대고
손가락과 발가락이 없이는 네가 준 가방을 열어볼 수가 없고
열쇠는 들어갈 구멍이 없고
웃기지도 않을 이야기들
재수가 없을 이야기들
누군가 뱉은 침에 맞아 내가 태어났다는
소문과 웃음들

나의 그림자를 보면 어서 달아나

저문 강에 왔어 이름은 몰라 흐르는 물을 따라 커지는 그림자와 함께

지친 햇살들이 고요해지는 틈 사이로 저마다의 그림자를 지고 온 사람들이 흩어져 있어

저마다의 그림자들

그림자와 마주 앉아 술을 마시는 사람, 그림자를 등에 두고 우는 사람,

그림자를 껴안고 중얼거리는 사람, 그림자를 목에 칭칭 매고 죽으려고 하는 사람, 하지만

흩어져있는 사람들은 서로에게 아무 관심이 없어

나는 나의 그림자에게도 관심이 없는 걸 신은 자꾸 나의 멱살을 잡아 바닥에 내동댕이치는데

그럴 때마다 아빠가 떨어져나가고 엄마가 떨어져나가고 형이 떨어져나가고 고양이가 떨어져나가고 더는 떨어질 것이 없는데 자꾸 또 뭘 붙이려는 거야?

시무룩한 그림자가 똥을 싸고 그 위에서 헤엄을 치네 웃기기엔 너무 냄새가 나

저리 치워 좀 잘라지지도 않는 그림자 따위

저문 강에 왔어 약국은 멀고 이제 약들은 다 떨어졌어

　그림자들이 서둘러 몸을 숨기는 시간에 당신은 울기만
하네

　당신이 올 곳이 아니라고 나의 주머니는 너무 많고 그
주머니 속엔

　게걸스럽고 무례하고 추레한 또 뭐라고 할까 그래 수치
심도 없는 냄새 그 자체가 존재인

　그림자들로 꽉꽉 차 있어

　그 그림자들이 당신의 어깨 위로 올라가기 전에

　어서 달아나 웃는 내게 손 흔들지 말고

나의 불행

가난이 내게 불행이었던 적은 한 번도 없다

나의 병도 직접적인 불행의 원인은 아니었다

나라는 존재가 거짓말에 가깝다는 것

그러니 참이 아니라는 것

아우구스티누스적 입장으로 얘기하자면 나라는 허위가 어떤 식으로든

발화되어지는 것 자체가 모두 죄로 간주될 수밖에 없는 것이 아닐까?

어머니는 내게 말했다

— 너는 생각이 너무 많은 것 같아 도통 알아들을 수 있는 말이 하나도 없어 —

선생님은 자주 내게 무슨 생각을 그렇게 하냐고 물었다

그때마다 나는 아무 생각도 없습니다 라고 대답했다

낙엽이 지는 시간

물드는 저녁

너는 묻는다 어디냐고?

나는 어딘지 잘 모른다고 다만 모든 것이 물들어간다고

네가 없는 시간에 붙들려 있다고 말한다

불행은 나라는 행동장치
무덤 안에서 태어났다는 것
그 안에서 바깥을 느낀다는 것
겨우 기어 나온 내가 할 일은 나의 무덤을 불태우는 일
눈물이 나오지 않게 눈을 도려내는 일
나라는 촉발장치를 조용히 없애버리는 일

날고 있는 건지 춤추고 있는 건지

케너번 씨는 바다 위를 날고 있는 나비를 보고 있습니다
날고 있는 건지 춤추고 있는 건지

파도에 닿을 듯 말 듯 합니다 나비의 색은 노랑에서 파
랑으로 파랑에서 빨강으로

케너번 씨는 붉은 색에 대해 생각합니다 피보다 붉었던
여자를 떠올리다

빨강에서 다시 하얗게 변했던 뼛가루를 생각합니다

뼛가루를 떠올리다 뼛가루가 있는 창가

창가에 쏟아지던 햇빛들 그 햇빛을 머금고 푸르게 빛나
던 연두

연두색 책이 있었고 펼쳐진 책

눈물을 머금고 있는 페이지에는

― 곧 피가 몰려온다 절망이, 한 줄기 소용돌이 속으로
모든 것을 삼켜버리는 강물이 몰려온다 ― 라는 문장

후드득 갑자기 바다 위에 비가 떨어집니다

파도는 젖지 않지만 나비를 삼켜버리기엔 충분합니다

위태로운 나비, 술김에 손으로 눌러 죽인 개미와 거미,

창문을 닫으면 들리는 당신 목소리

어디로 가니?

입 안에 자꾸 고이는 개미와 거미

쏟아져 나오는 당신이라는 조바심이 말합니다

이런 거미와 개미들이 너를 먹어치우고 있어

근데 너는 피도 흐르지 않네

피도 흐르지 않네 이미 죽어있었던 걸까?

케너번 씨는 거울을 봅니다

거울에 비친 이가 아무도 없다는

날마다 꽃을 피우다 보면

산다는 건
날마다 꽃피는 일인 거 같아
바퀴를 계속 굴리지 않으면 자전거는 넘어지거든
그런데 네게서 핀 꽃은 공중에 떠 있는 거 같아
마치 구름처럼 네게 매달린 새도
공중에 붙잡혀있는 거 같아
날마다 꽃을 피우다 보면
날마다 질 수밖에 없다는 걸 알게 되거든
허공에 갇혀버린 자전거를 본 일이 있니?
높은 절벽에서만 핀다는 구름바위꽃이라고 들어봤니?
구름바위꽃은 바람에 흔들리며 필릴리 소리를 내며 꽃
을 피운다 해서
바람피리꽃이라고도 부르거든 그 꽃은 날마다 조금씩
계속 꽃을 피우다
삼천 일이 되면 열매와 함께 만개하는데 그렇게 만개가
된 채로
한 달이 채 지나지 못해 깨끗이 사라진다네 꽃도 열매도
몸을 일으켜 걷게 되는 거

자전거를 타는 거 밥을 먹는 거

술 마시는 거 아이를 안고 아내를 바라보는 거

그 모든 순간이 겨우겨우 꽃피는 일 같아

어쩌다 태어났을까 한숨을 쉬면서도 멈출 수 없는

그래 구름바위꽃을 본 사람은 높은 절벽 위로 올라간 사람뿐이래

봤다는 사람은 많아도 구름바위꽃의 흔적은 남아있지 않고 찾을 수도 없다네

너는 나부끼는 바람을 술에 타서 마시고

나는 네가 꽃피는 순간들을 보며 언젠가 만개해서

저 구름과 바람 속으로 날아가 버릴 너를 상상해

페달을 밟지 않아도 공중에 떠 있게 될 너를

넘어지는 중

넘어지기 시작할 때 넘어지는 각도를 생각하긴 어려워
당신을 만지고 나서야 깨달았어 밤은 짧고 나는 이미
빠져버렸다는 걸 헤엄칠 줄 모른다는 걸 그 와중에도
당신의 밤은 깊고 깊어서 열리지 않는 바닥이란 것이
있다는 걸 꽃은 서럽게도 필 수 있고 아프게도 필 수
있지만 언제나 피고 싶어 한다는 걸 미리 아프게 지는
상상을 할 필요는 없다는 걸 어디에서 어떻게 피고 지고
춤추고 먹고 싸고 뒹굴고 울고 이렇게 넘어져도 밤이
끝나도록 바닥에 닿지 않는 깊이란 것이 있다는 걸 아마
바닥에 닿기 전에 끝날 거 같아 이렇게 계속 넘어지고
있는 중에도 너는 쉴 새 없이 계속 이야기를 해 울산에
있는 마츠시게 잡화점에 가면 너를 닮은 눈물방울 인형이
있다는 것과 군산에 비가 오고 파도가 넘실대기 시작하면
갑자기 불쑥 튀어나와 울어대는 슬픈초라는 바위가 있다는
얘기들과 그러니까 나는 계속 넘어지는 중인데 너의 얘기는
끝나지 않고 나는 바닥에 닿기 전에 한 번 더 너를 천천히
보고 만져보고 싶은데 나의 밤은 끝나가고 너의 밤은 더
깊어지는 그러니까

바닥 아래 바닥 아래 바닥 아래 바닥은 많이 생각했는데
너의 바닥은 바다란 말이었다는 걸 깨닫기도 전에
넘어지는 중이야 밤이 끝나가는 중이야

넘어지다 보면

하루에 몇 번씩 시계가 물음표를 가리킬 때마다
넘어집니다 넘어지다 보면 당신이 보입니다
비스듬한 사선으로
푸르푸르하게 느낌표를 던지고 달아나는 당신의 윤곽
으로 몸을 튕기며 다 넘어지기도 전에 벌떡 일어납니다
일어나 주위를 둘러봐도 당신은 보이지 않습니다
그 자리에서 종일을 기다려도 당신은 보이지 않습니다
언제나 깨달음은 등 뒤에 있고 당신은 보이지 않는 곳에
있습니다
못내 아쉬워 서럽게 울다보면 언제나 당신은 등 뒤에 있
습니다
뒤돌아도 보이지 않는 당신은 언제나 내 눈 뒤에 있습니다
눈이 쏟아질 정도로 넘어지다 보면 보이는 당신

네가 없는 세상은

절룩일 때마다 통째로 흔들리는 삶이라도 서러울 것 없었다
꽃이 피기도 전에 지는 일이 반복되어도 치욕적이지 않았다
음악도 없고 소년소녀도 없는 삶은 언제나 평화로운 회색
언제나 서러움은 꽃피는 것에서 출발
꽃피는 일엔 언제나 너라는 진동
너의 몸 위에 음악이 흐를 때 피어나던 수많은 꽃들
피어날 때마다 농도 짙은 분홍의 마음
어떤 책을 읽어도 그 안에 너는 없었다
네가 없는 세상은 얼마나 고요하고 평화로운가
문을 열어주지 않았는데 보이지도 않는 창을 통해 날아든 너는
이불 속에서도 파다닥거린다
깨어있고 싶지 않아도 너의 심장 소리는 푸르른 음악
귀를 막아도 눈을 감아도 혈관 속으로 스며드는 끈적이는 음악
자꾸만 나를 부풀어 오르게 만드는

놀러온 개

집에 놀러온 개가
아끼는 나의 인형을 사랑스럽게 바라보다
옆구리를 물어뜯었다
터진 옆구리에선 솜뭉치가 흘러나오고
옆구리 터진 인형은 제대로 앉아있지도 못하고
제대로 서지도 못하고 제대로 누워있지도 못하고
휘청거릴 때마다 벌어지는 옆구리 흘러나오는 솜뭉치

눈 깜빡할 사이

당신이 울고
문은 닫혀버렸지만
아무 문제없어요
오징어가 하늘을 날고
붉은부리새들은 자꾸 바다 속으로 들어가고
할아버지들은 자꾸 뚱뚱해지고
계단들이 자꾸 춤을 춰도
당황하지 마세요
당신이 당황하는 눈 깜빡할 사이
고양이의 수염은 나비가 되고
당신이 달팽이라 생각하는 외계인이
당신의 삐져나온 코털을 안테나라 생각하는 사이
웃어도 열리지 않는 문과 문 사이들마다
당신과 당신의 그림자 사이
구름이불이 당신을 안아줄 거니까
그래도 당신은 넘어지고 부서질 거니까

딸꾹질

고통은 늘 더 큰 고통으로 인해 아무것도 아닌 것이 되어버린다

하지만 사랑은 더 큰 사랑이란 것이 존재하지 않는다

사랑이냐 아니냐만 있을 뿐

당신을 잃고 내내 잠만 자는 동안 누군가 내 목구멍으로 개구리를 집어넣었다

개구리가 내 안에서 폴짝일 때마다 딸꾹질이 난다

딸꾹 딸꾹거릴 때마다 당신의 웃음소리가 들리고

당신의 눈동자가 내 혓바닥 위를 굴러다닌다

그 느낌에서 벗어나려 술을 마셔도 개구리의 폴짝임은 더욱 심해질 뿐이고

다시 나의 밖으로 튀어 나오지는 않는다

개구리가 나의 밖으로 튀어 나가버리면 당신을 잊을 수 있을지 모른다

개구리는 내 안에서 죽지도 않고 나를 괴롭힌다

개구리의 말을 알아들을 수 있을까?

당신의 심장 소리라면 이해할 수 있겠지

그건 비가 내리고 해가 뜨고 다시 눈이 내리고 바람이

부는 것을 이해하는 것과 같으니까

　물론 시간이 필요한 일이고 내 심장 안에 박힌 당신의
눈동자를 이해해야 하는 일이지만

　그건 결국 해낼 수 있는 일이라 믿는다

　하지만 아무리 귀를 기울이고 아무리 용을 써도

　개구리의 울음소리와 그 폴짝임을 이해하는 건 어려운
일이다

　창문을 흔들어대는 바람 소리가 더욱 커지고 당신의 눈
물이 후두둑 지상으로 내린다

　딸꾹질이 더욱 심해지지만 그래도 좋다

　당신을 오래 보지 않은 동안에도

　더욱 생생해지는 당신이 이렇게 느껴지니까

만질 수가 없다

밤에 닿은 적이 없었다
밤의 속살을 만지고 싶었다
언제나 너무 뜨겁거나 너무 추워
기쁨과 상처가 없는 일상은 눈물이 난다
너는 아무도 없는 틈과 사이마다 스며있다
문을 열면 어디에서든 왈칵 네가 쏟아질 것 같아
라디오를 켜면 너는 음악과 음악 사이에 숨어 있다
DJ의 옅은 기침 사이로 스민다
해가 져도 오지 않는 밤
환한 어둠 따윈 밤의 세계가 아니다
너는 도처에서 파도치지만 너를 볼 수 있는 곳은
비행하는 모기의 눈 속 어딘가
밤은 온 적이 없어도 태양은 뜨고
너는 도처에 있지만
만질 수가 없다

말해줘

말해줘
모퉁이 뒤에 모퉁이에는 네가 기다리고 있다고
절벽 아래 절벽이 있고 그 아래 절벽에는 오아시스가 있다고
눈을 감은 상태에서 눈을 뜨면 네 몸에서 나오는 음악이 있다고
부러진 날개로만 갈 수 있는 분홍빛 구름에 대하여
들려줘
이미 죽은 채 태어난 삶에 대하여 죽음을 반복하다 보면
진짜 사라질 수 있다고 죽음을 반복하는 빗방울 중에는 다시 내리는 비보다
사라지는 것이 더 많다고
그러니까 구름 한 점 없다는 건 더 들려줄 음악이 없다는 것이고
나의 몸을 뚫고 나오는 상처들이 죄다 꽃이 될 수 있다면
너를 만날 수 있다고 하지만 그 기억마저도 죄다 소멸될 수 있다고
그러니까 어머니가 종일 맴맴 울어대도

바다가 죄다 빗방울이 될 수는 없는 거라고
그렇게 소문들은 사라질 뿐이라고

별들이 지는 계절

붉게 빛나던 별들이
재가 되어 지상에 내릴 때
바스락거리는 소리들 속에
사라져가는 세계들
바스락거리는 소리들 속에는
소리도 나지 않던 연두의 세계와
숱한 바람들과 정을 통하던 푸른 세계와
타오를 수밖에 없던 세계들 그 시뻘건
이야기들이 아주 조용히 사라지고 있다
귀를 기울이면
내 안에서도 별이 지는 소리
이야기들이 사라지는 소리
네가 머물던 자리들마다 별들의 우는 소리
그러니까 별들은 바스락거리며 운다
별들이 지는 계절
나를 따라온 너라는 별에 스치우며
내게 남아있는 지상의 시간을 그려본다

부비트랩

바람이 불 때마다 거리에는 물음표들이 나뒹굽니다 당신은 물음표들 사이를 폴짝폴짝

뛰어다니고 저는 당신이 넘어질까 걱정이 됩니다

당신은 잠시 잠시 비틀대기만 할 뿐

넘어지지도 않고 오히려 휘청거릴 때마다 까르르까르르

오늘은 오후 3시 39분부터 아웃입니다

아웃된 시간 안엔 수백 개의 다리를 가진 하지만 눈이 없는 내가 득실댑니다

아웃된 시간 안엔 수백 개의 부비트랩

하지만 내 수백 개의 다리들은 허공을 향해 버둥댈 뿐 부비트랩을 건들지 않습니다

머리카락 사이로 당신이 심어놓은 웃음들이 자꾸 터집니다

터질 때마다 생기고 튀어나온 수백 개의 눈을 모아 쓰레기봉투에 집어넣습니다

당신이 내 머리카락 사이 또는 배꼽과 항문에 숨겨놓은 나침판들이 마구 흔들리는 소리들

마구 구겨지는 길들을 접어버리고 밖으로 나가는 문들

을 모조리
없애는 중입니다
당신과 걷던 길을 그리고 외워봅니다
방 안에서 혼자 부를 노래가 되도록

어글리 플라워

아이가 태어났을 때 그의 부모는 깜짝 놀랐다

갓 태어난 아이의 것이라고 하기에는 너무 크고 뭔가 찌그러진 느낌의 괴이한 성기였기에

아이에게는 추화라는 이름이 생겼다 용하다는 점쟁이가 지어준 이름 어글리 플라워

어글리 플라워는 자신의 의지와 상관없이 시도 때도 없이 피는 꽃이 서러웠다 자신의 서러움과는 상관없이 꽃의 소문을 들은 사람들이 그의 주변으로 몰렸고 꽃의 번식력에 감탄하며 큰 소리로 웃고 떠들고 견딜 수 없는 호기심으로 꽃을 만지고 냄새 맡고 입을 대보기도 하였다 그럴수록 어글리 플라워는 도끼로 자신의 꽃을 뿌리째 잘라내고 싶다는 생각으로 몸서리쳤다 소년이 되어가면서 그의 주변에는 여자들뿐만이 아니라 이상한 웃음을 흘리며 그를 더듬는 남자들마저 꼬이기 시작했고 그는 결국 손목을 긋듯 면도칼로 그의 꽃을 그어버렸다 꽃 위로 터지듯 뿜어 나오는 피를 보며 그는 정신을 잃었고 눈을 뜨자 병원의 어지러운 조명 아래 그의 꽃은 봉합이 되어 있었다 그 후로 그의 꽃은 더욱 기괴해졌고 시도 때도 없이 피는 일

은 더 잦아졌고 잘 시들지도 않았다 학교와 동네에서 그
를 보며 웃고 수군대는 소리로 그는 미칠 것 같았다 그래
서 그는 꽃이 드러나지 않도록 압박붕대로 꽃을 묶어버리
고 자신을 알지 못하는 곳으로 길을 떠나기로 했다

　세상에는 아름다운 꽃들이 만발하고

　그 사이로 아주 못생긴 꽃 하나

　나비와 벌 대신 벌레들만 달려드는 꽃 하나

　구름도 웃어대고 별들도 웃어대는 못생긴 꽃 하나

　어글리 플라워는 혼자 울다가 웃다가 소리치다가 다시
길을 걷다가 어디가 어딘지도 모를 시간에 어느 움막에서
나오는 음악에 멈추어 섰다 처음 듣는 이상한 음악이었다
꽃이 춤을 추기 시작했다 꽃이 춤을 추는 광경을 어글리
플라워는 감탄하며 바라보았다

　세상에는 아름다운 꽃들이 만발하고

　아름다운 꽃들이 저마다 사랑에 눈이 머는 순간에

　달빛 아래서 혼자 길을 걷는 못생긴 꽃

　달빛 아래서 혼자 춤을 추는 못생긴 꽃

　어글리 플라워는 이제 겨우 자신의 꽃이 처음으로 부끄

럽지 않았다

어느 날 내가 죽었습니다

어느 날 내가 죽었습니다

하지만 내가 죽었다는 걸 깨달은 건 한참 뒤의 일이었습니다

모든 사람들에게 있는 그림자가 제겐 없다는 걸 알았거든요

뭐 제 그림자 따위를 신경 쓰는 사람들은 아무도 없었고 당연히 제가 죽었다는 걸

아무도 눈치 채지 못했습니다

제가 살았는지 죽었는지는 타인에게는 전혀 관심도 흥미도 없는 일이니까

죽은 채로 살아가고 있다는 걸 누군가 눈치 챘다고 해도 그저 피식 웃고 뒤돌아설지 모릅니다 그렇게 생각하다가 그럼 나의 죽음이 나 스스로에게는 중요한 걸까? 하는 의문이 들었습니다 나의 죽음이 나 스스로에게 조차도 아무 의미가 없는 것이라면 살아있었다는 사실조차도 의미가 없다는 뜻이니까요

나는 왜 태어난 것이었을까요? 그저 누군가의 욕망의 산물 그 외 아무 것도 아닌 것이었을까요?

죽은 후 나는 궁금한 게 많아졌습니다

그래서 당신을 찾아가보려 합니다 당신은 뭔가 알고 계시지 않을까 해서요

제가 노크하는 소리를 외면하지 말아주세요

이제 곧 먹힐 것이다

당신이 처음 사랑해라고 나에게 말했을 때
온몸이 거미들로 뒤덮인 듯 아득하고 섬뜩했다
말랑한 분홍 눈송이가 진흙 구덩이에 빠져 들어가는 걸
보고 있는 것처럼
우스워서
어디든 도망가고 싶었다
하지만 만져보고 싶었다
신기하고 신비로운 분홍 눈송이가 쌓인 세상을
뒹굴어보고 싶었다
너무 뜨거워서
만지기도 전에 온몸이 얼어붙어버리는
분홍 눈송이가 내리는 봄날
나는 창문 안에서 그림자에 붙들려 버둥거린다
나의 유리창은 사랑해라는 말로는 깨지지 않고
분홍 눈송이가 내리는 세상은
나의 그림자만 자꾸 찢어버린다
찢어진 그림자는 다시 엉겨 붙어 더 커지고
상처 난 그림자는 온몸에 이빨이 자라나고

연약하고 탐욕적인 그 입에
이제 곧 먹힐 것이다

취해버린 바퀴에 대해서

오늘은 식어버린 죽과 취해버린 어둠에 대해서
당신은 연두색을 좋아했습니다
당신은 분홍색을 좋아했습니다
당신은 생과 색 사이 아직 확실하게 물들지 않은
새벽도 밤도 아닌 달아날 수 없는 시간에
자전거나 자동차에 붙잡히지 않은 바퀴들을 모아
굴려보는 걸 좋아 했죠
그런 당신을 보며 음악으로 만드는 Z와
그런 당신을 보며 그림을 그리는 M과
그런 당신을 보며 시를 쓰는 K와
그런 당신을 보며 춤을 추는 마르샹 씨
그 사이 식어버린 죽과 마구 취해버려 색을 잃어가는 어둠에 대해서
당신은 그냥 웃어버리는군요
음은 이탈하고 종이는 찢겨지고 시어들은 공중으로 흩어지고
자꾸자꾸 넘어지는 마르샹 씨
당신은 죽을 것처럼 까르르 까르르

오늘은 식어버린 어둠과 취해버린 바퀴에 대해서

사랑받는 사람은 있어도 사랑하는 사람은 없는 밤이 아

닌 시간에 대해서

폭설이 내리는 사막의 밤

폭설이 내리는 사막의 밤
너의 신음소리가 음악이 되어
초록 코끼리와 수줍음이 많은 악어와 분홍빛 사자를 불러들인다
너의 신음에 맞춰 춤을 추는 코끼리와 악어와 사자가
서로를 바라보면 그들에게 쌓인 눈이 별이 되어 서로에게 흐른다
별들도 안다 눈짓만으로 살 수 없다는 것을
서로 몸 부비는 순간에야 춤이 완성된다는 것을
음악이 멈추고 춤이 끝나는 순간에
서로를 바라보는 눈빛이 핏빛이 될 수도 있겠지만
그래서 수줍음이 많던 빨간 악어는 소리친다
그 음악을 멈추지 말아요!
음악이 멈추지 않는 한 우리의 춤도 끝나지 않을 테니까

해야 할 일

어렴풋한 봄이다

새싹들은 먼지를 뒤집어쓰며 태어나 미세한 것들까지 흡수하며 자란다

자라는 것들은 죄다 썩어가는 거라고

먼지가 들려주는 노래 따라 나도 흘러가고 나를 따라온 유령들도 흘러간다

썩어가는 것들은 진한 흔적을 남긴다고

흔적을 남기고 싶어 하는 사람들은 더 진하게 썩어가고 싶은 것뿐이라고

썩지도 않는 너에 대한 기억들이 자꾸만 말을 건다

아마 이 기억은 심하게 왜곡되고 조작된 느낌이지만

그건 나의 영역이 아니다 그건 내 심장에 도청장치를 단 누군가에게 물어야 할 일이다

그저 오늘 내가 해야 할 일은 당신의 음악을 듣는 것

단지 그것뿐이다

3. 고양이라는

거짓말의 발명

동사무소에 등록된
내 출생신고는 누군가의 거짓말이야
태어난 건 두 발을 들고 매달릴 곳을 찾는 저 분홍 고양이야
그러니까 다시 말해서 족보가 없는
고양이의 출생신고를 받아줄 동사무소는 없거든

물론 우리는 분홍 고양이를 보고 있지만
그걸 믿어줄 사람들은 없어 보고도 믿을 수 있는
사람들은 모두 어제 죽은 사람들이야
고양이의 부모가 구름이라는 걸 믿을 수 있는
사람들은 모두 전생의 사람들일 뿐
그러니까 죽은 나무처럼 계속 질문을 던질 필요는 없어

나는 어제 분홍 고양이를 대신해
투표를 했고 책을 읽었고 유효기간이 지난 빵 같은 오후에
파란 고양이를 대신해 나온 여자와 연애를 했어
잘 알다시피 그 여자도 나도 거짓말일 뿐
그러니까 고양이들이 만들어낸 거짓말

거짓말들이 넘쳐나면 새로운 세상이

분홍 고양이가 있는 곳엔 파란 고양이도 있고
분홍 구름이 있는 곳엔 빨간 구름도 있고
구름이 고양이를 낳는 곳에선 고양이가 상어를 낳는 일
들도 있어
그게 궁금하다고 동사무소에 물어볼 필요는 없지
그러니까 거짓말은 스스로 진짜라고 착각을 하거든
나도 얼마 전에서야 내가 거짓말인 걸 알게 되었으니까
하지만 괜찮아

거짓말은 또 다른 세상에서 누군가 꾸는 꿈일 테니까

고양이 하르멘의 연주를 감상하는
돌멩이 씨에 대하여

고양이 하르멘이 연주를 시작했다 당신과 피아니스트 카롤라는 각각 자기 자리에서 하르멘의 손놀림을 유심히 바라보았다 바이올린 소리에 마음이 끌린 돌멩이 씨는 약간 앞으로 나와 몸을 최대한 숙이고 소리에 집중했다

그는 사람들에게 관심을 두지 않으려 했다 한때는 사람에 대한 관심과 사랑으로 살았지만 지금은 자신을 숨기고 싶었다 걷는 것이 아니라 굴러야 몸을 움직일 수 있는 돌멩이였기에 온갖 먼지와 오물에 뒤덮인 더럽고 냄새나는 기이한 존재였기에 스스로를 돌멩이라고 생각하자 모든 것이 받아들여졌다 심지어 모든 것에 너무나 무관심해져서 이처럼 더러운 꼴인데도 깨끗한 거실 바닥에 몸을 맡긴 것이 아무렇지 않았다

아무도 그를 알아보지 못했다 당신과 카롤라 씨는 바이올린 연주에 정신이 팔려있었다 길을 지나가던 행인들도 손을 바지 주머니에 넣은 채 하르멘의 악보대에 바짝 다가가 있었다 고양이가 바이올린이라니! 소리치는 사람 때문에 하르멘이 방해를 받기는 했지만 연주는 계속되었다 머리를 옆으로 기울인 채 조심스럽고 슬픈 눈길로 하르멘

은 악보를 좇았다

돌멩이 씨는 좀 더 앞으로 기어가 머리를 마룻바닥에 바짝 갖다 댔다 이렇게 음악에 감동을 하는데도 내가 돌멩이란 말인가 내가 망상을 겪는 건 아닐까 내가 발로 차고 다니던 돌멩이가 내가 되어버리다니

그러나 돌멩이가 되고 나서야 그가 열망했던 미지의 양식에 이르는 길이 보이는 듯했고 하르멘의 연주는 그 길을 안내해주는 느낌이었다 그는 하르멘 쪽으로 다가가 몸을 부딪쳐보았다 바이올린을 들고 자기 방으로 와달라는 신호였다 그곳에 있는 사람 중엔 아무도 자기만큼 열렬히 연주를 감상하지 않았기에 하르멘은 분명 자신의 몸짓을 알아들을 수 있을 거라 생각했다 그러나 그는 하르멘의 야옹 하는 언어를 알아들을 수 없었고 돌멩이의 언어를 전달할 수도 없었다

당신이 걸어와서 돌멩이 씨를 들어 창밖으로 휙 하고 던져버렸다

던져진 돌멩이 씨는 부서지는 언어를 가지게 될까? 돌멩이의 언어는 오로지 침묵일까?

하르멘은 고양이가 맞을까? 돌멩이 씨가 돌멩이가 아니었다고 믿는 것처럼 하르멘도 그런 것일까?

그럼 당신과 카롤라는?

그는 곧 부서져야 했기에 쓸모없는 생각들을 멈추기로 했고

내 생각도 별 쓸 곳이 없기에 나도 생각을 멈추기로 했다

하르멘의 연주가 멈추자 계속 기침이 나왔고 속에선 가래나 침 대신 돌멩이와 모래들이 토해져 나왔다

그러니까 밥을 먹자

빵집에서 빵을 고르다 호박이 잔뜩 들어갔다는 빵을 들고
한참 멍하니 있었다
왜 멍해졌을까? 누군가 툭 하고 나를 밀치자
그제야 비명들이 들렸다
트럭과 버스가 부딪쳐서 큰 사고가 난 것이다
구급차 소리, 경찰차 소리, 사람들이 우는 소리
아파 지르는 비명
그런데 그 풍경들을 보면서 나는 다시 멍해졌다
그 광경을 보려고 모여드는 사람들
휴대폰으로 그 광경을 찍는 사람들
어머 어머 중얼중얼 떠드는 사람들
사람들이 그 광경을 덮어버리는 광경
멍하니 있는 나의 손을 이름 모를 꼬마가 잡는다
제발 제 손을 놓지 말아 주세요
나지막이 들리는 소리
아니 왜? 넌 누구지? 이 상황은 뭐지?
그냥 잠시만, 제발 제 손을 꼭 잡아 주세요
밖에는 빠르게 어둠이 몰려오고 있었고

빵집 주인은 문을 잠그고

난 아이에게 물었다?

왜?

왜라는 말을 전 몰라요

제 손을 잡아주기 싫으시다면 그냥 놓으시면 돼요

그럼 언제까지 네 손을 잡아주면 되니?

언제까지일지 몰라요 그걸 계속 묻고 싶으시다면 제 손
을 그냥 놓으시면 돼요

빵집 안에는 빵집 주인과 젊은 여자와 이 아이

그리고 나

주인과 젊은 여자는 갑자기 빵들을 쓰레기통에 넣고

밥을 먹자 밥을 먹자

꼬마는 쓰레기통에서 빵을 꺼내고 두 사람은 계속 빵을
쓰레기통에 처넣고

그러니까 밥을 먹자 밥을 먹자

난 이 상황이 숨이 막혀

숨이 막히면 제 손을 그냥 놓아 주세요

저 빵은 왜 버리시나요?

이 아이는 누구의 아이인가요?
그걸 묻고 싶으시다면 그냥 아이의 손을 놓으세요
그리고 집에 가서 밥을 드세요
난 밥 대신 먹을 빵을 사러 왔는데
단지 그것뿐인데

꽃들은 밤새 어쩔 줄을 모르고

네가 웃음을 지을 때마다
봄밤들이 후드득 강물 위로 떨어지고
물고기들이 공중으로 솟아오를 때마다
꽃들은 밤새 어쩔 줄을 모르고
어쩔 줄을 모르는 꽃들을 보며 술에서 깨어난 개들이 짖고
개들에 물린 마음이 다시 물들면
자꾸만 가난해지는 마음아 서둘지 말고 당황하지 말아라
고통은 더 큰 고통에 양보되는 걸 반복할 거고
새들은 물고기 대신 바다로 갈 거야
그러니 서둘지 말고 비명도 좀 다듬고
너무 아프면 좀 독한 술을 마시고 술로도 힘들면 좀 독한 약을
닫혔던 입술 사이로 꽃이 피고 밤새 잔은 새로 채워질 거고
꿈도 사랑도 어차피 저버릴
별이 질 때마다 한잔하다 보면 너도 모르게 잠들겠지
깨어나지 않아도 되게 져버리겠지

눈먼 악어의 계절

당신이 나에게 왔을 때 그때는 눈먼 악어의 계절
쉽게 볼 수 없는 악어가 웃는 순간
커다랗게 벌린 입으로 잠자듯 당신은 왔네
미안해요 벌린 입이 다물어지지 않아
잔뜩 침만 고이고 있어
그러니까 흐르는 눈물은 단지 통증 때문
삼킬 수도 없는 당신 그만 나가주세요
다물어지지 않는 입 사이로 바람이 흐르고
이빨들은 무너져가네
떨어지는 이빨들을 만지작거리며
까르르 웃는 당신
악어의 이빨은 계속 생겨나니까
악어는 악어일 뿐이니까
입은 곧 닫힐 거니까
삼킬 수도 없는 당신 그만 나가주세요
나의 고통은 당신의 것이 될 수 없으니까
악어의 계절은 당신에게
돌아가지 않을 거니까

습지에 우기가 오기 전에
뽀송뽀송한 당신의 세계로 그만 가주세요

당신은 피아노

그러니까 당신은 피아노 건반과 건반
주름과 주름 사이 숨을 죽이며 건반에 닿는 손가락
사이로 스며드는 비명과 신음
사이에서 춤을 추는 당신의 얼굴
그러니까 당신은 피아노 건반을 누를 때마다
당신의 몸 곳곳을 만지며 스며드는 음과 음들의 사이
당신은 계속 태어나고 계속 죽어요
그러니까 태어나고 죽는 스스로를 부릅뜨고 바라보다 보면
투명해진 당신 안으로 수천 개 타인의 눈이 들어차고 부풀어
온몸이 눈으로 덮이는 풍경 속에 들어서면
눈 덮인 사막 또는 당신의 입술 사이에 바다
또는 당신의 목과 등 그 곳에 피아노 건반 그 위를 넘나
드는 입술
그러니까 당신의 손이 멈출 때 취한 침묵이 비틀거리며
찾아오면
사람들은 저마다 새로운 음표가 되어 아무도 연주하지
않는 음악이 시작

댕댕푸르르

댕댕푸르르 댕댕푸르르르
가지도 않은 길에 꽃이 피는 일
네가 없는 섬에 바람이 부는 일
사막에 오징어가 쏟아지는 일
염병할 고통에 소금을 뿌리는 일
댕댕푸르르 댕댕푸르르르
죽은 엄마가 밤마다 부엌에서 춤을 추는 일
집 안 구석마다 네 얼굴이 자라는 일
너를 사랑하는 악마가 밤마다 못이 박힌 혀로 나를 애무하는 일
땅을 파면 후두둑 후두둑 별이 떨어지는 일
댕댕푸르르 댕댕푸르르르
딱따구리가 너의 손금을 쪼아대면 나의 성기가 꽃이 되는 일
죽은 어머니가 춤을 추면 죽은 아버지가 기어 나와 물구나무를
서는 일
만지는 과일마다 썩어버리는 일
눈물이 바늘이 되어 얼굴이 피로 물드는 일
댕댕푸르르 댕댕푸르르르
얼쑤

107

돌 속에 흐르는 물

돌 속에 흐르는 물
그 물결무늬 원피스를 입고 사방으로 흐르는 너
너에 젖어버린 사람과 사람들
탄성은 죽어버리고 흐르려고만 하는 사람들 사이로
기울어진 맥박 소리, 기침 소리, 신음 소리 사이로
빗방울처럼 무심히 내리는 돌멩이
맞아 죽는 개구리와 찢겨지는 날개들
내 속에 흐르는 너
그 사방무늬 살갗에 닿고 싶어
찢겨진 날개 따위는 뜯어 버리면 그만이야
네가 없는 비행은 추락의 연속일 뿐이니까
젖어도 젖어도 탄성이 자꾸만 강해지는 너는
사방으로 튀어버리니까
너에 닿으면 나도 흩어져버릴 수 있을까

머나먼 아그리피아

　그곳으로 가는 첫 번째 골목에서 무엇에 놀랐는지 기억은 안 나지만 날개가 찢겨나갔고 두 번째 골목에서 무엇을 보았는지 두 눈이 파였고 세 번째 골목에서 무엇을 잡았는지 두 손이 잘려 나갔고 네 번째 골목에서 당신, 당신의 냄새를 맡았다 그것이 전부 그곳은 혼자 가는 곳 그곳은 진흙과 균열들로 이루어져 있다 태양조차도 감당하지 못해 뱉어버린 당신의 빛들이 갈라진 틈으로 들어온다 빛과 그림자는 서로 숨바꼭질 놀이를 하고 나의 배꼽과 무릎에선 당신이 흘리고 간 눈동자들이 열린다 나의 눈으론 볼 수 없었던 아그리피아agreepia 이곳에선 울 수도 있다 이곳에선 나를 꽁꽁 묶어두었던 오래된 나의 껍데기들을 볼 수도 있다 깊숙한 곳에 숨어 있던 내 역할들도 찾을 수 있는 곳 아그리피아 파란 눈동자를 한 분홍 부엉이들이 날아다니는 머나먼 아그리피아 그곳으로 가는 첫 번째 작은 섬 어떤 납골당 속 바싹 마른 아이 유골을 만나고 친절하게 안내를 받아 그곳으로 가는 두 번째

무스카트에서 온 거북이

무스카트에서 온 거북이는 자신의 이름을 잊어버렸다
두에르였나 키치카토였나 왜 자신은 사막 위에 있나?
기억나는 건 바다와 돌아가야 할 당신의 이름
시아나 또는 안나 쉐흐바 또는 시야노치카
당신의 그림자는 나를 알아볼 수 있을까?
나도 기억하지 못하는 나의 얼굴
당신에 이르기 전에 죽었으면
걷는 내내 죽지도 못하는 삶이 이리저리 끌고 다닌다
사막 위에 눈이 내리면 눈송이처럼 흩어지는 웃음소리
모래와 모래 사이로 퍼져나가면
모래는 거울이 되어 비춘다
낯설고 무섭고 슬픈 얼굴 깨지지도 않는 모래거울
지도도 없이 다시 걷는다
바다로 가는 것일까 낭떠러지로 가는 것일까
사막을 벗어날 수는 있을까?
기억해야 할 당신의 이름
시아나 또는 안나 쉐흐바 또는 시야노치카
벗어나야 할 두두르팡팡

안녕 나의 토르타렐라 안나 미뤠리

사랑에 빠진다는 건 얼마나 우스꽝스럽고 낡은 일이냐?
아침에 일어나자마자 안녕 꾸벅꾸벅 졸면서도 안녕
악몽을 꾸면서도 안녕
캄캄한 어둠 속에서도 안녕한 사랑이여
너와 나 사이에는 깨지고 깨져도 깨지지 않을 투명한 유리
빛은 굴절되고 어둠은 쉬지도 못하는
너에게 새로운 이름을 아직 아무도 가지지 못한 이름을
부르기 위하여 춤을 추고 피아노를 치고 기타를 부수며
안녕 나의 토르타렐라 안나 미뤠리
너를 만지고 싶어 너와 나 사이에 벽들을 깨부수고 싶어
해머로 내리치고 불을 질러도
귀를 막아 너의 집만 불타게 될 뿐이야
안녕 안녕
계속 무턱대고 꿈을 꾸는 일은 얼마나 우스꽝스럽고 낡은 일이냐?
엄마 TV는 끄고 주무세요
아가야 난 아직 잠들지 않았단다
…

안녕 나의 토르타렐라 안나 미뤠리

이게 다예요

나는 한 번도 호수에 빠져본 적 없지만
호수의 깊은 속을 아는 것 같습니다
바람이 불고 비가 내리고 사람들이 악을 써도
그저 고요할 수밖에 없는 아주 살짝 일렁이기만 하는
고요한 슬픔 적막한 분노 더 이상 흘러갈 수 없는 막다른
나는 여자도 남자도 되어본 적 없는 것 같습니다
나는 바람도 구름도 되어본 적 없는 것 같습니다
겨우 해 질 무렵 어둠이 얼굴을 가려줄 때
당신을 볼 수 있었습니다
나의 손에는 언제나 지팡이
무심코 긁은 자리마다 피와 고름이 흐르고
어둠을 갉아대는 소리들이 여기저기서 들릴 때
나는 불안합니다
이 밤이 끝나면 귀신을 닮은 나의 얼굴도 사라질 테니까
나는 남자도 여자도 아닌 하나의 존재로
당신의 꼬리를 사랑했습니다
무심코 돌아가는 바퀴들에 치여 유심하게 죽어가는 고양이들
그 사이로 당신의 꼬리에서 피는 꽃

사라지기 전에 그 이름을 알고 그 이름을 불러보고 싶습니다
뭐 겨우 이게 다입니다

정말정말정말의 세계

　허공이 닫히기 전 비와 함께 내려온 악어 한 마리가 당신의 이름을 먹어버렸다

　어떻게 하지?

　치매 걸린 어머니가 보이지 않는 여자 셋을 데리고 와서 말을 건다

　밥 좀 먹자 니들은 어디에서 온 것들인데 내 옆에서 만날 처자고 나를 괴롭히는 거냐?

　보이지 않는 여자들을 보면서 정말정말정말에 대해 생각한다

　악어가 먹어 치워버린 당신의 이름을 떠올릴 순 없지만

　나에겐 당신이 정말정말정말인 것처럼

　어머니가 말을 거는 여자들도 정말정말정말인 걸까?

　악어가 나의 이름을 먹어치우면 어머니는 나의 이름을 떠올릴 수 있을까?

　허기진 악어는 무섭고 나의 이름을 먹혀버리면 난 허공 밖으로 나갈 수 있을까?

　엄마 엄마가 정말정말정말이라고 부르는 저 여자들을 보지 못하고 듣지 못하는

난 여기 계속 서 있을 수 있을까?

문 밖에서 언제나 날 기다리면 한웅큼씩 다가오는 당신을 아무도 보지 못하는데

난 나의 정말정말정말을 계속 기다릴 수 있을까?

정말정말정말의 세상

그러니까 아팠어

아픈데 어디가 아픈지 모르고 눈물이 나고 한참동안 몸
을 움직이지 못했어

그러니까 당신이 문틈 사이로 마구 흘러들어왔어

넘실거리는 당신에게 젖어들어 갈 즈음

내가 아팠던 게 당신이고 당신을 앓고 있다는 걸 알았어

그러니까 마구 흘러넘쳤던 당신이 바싹 말라 먼지가 되
어 허공으로 흩어질 즈음

온통 세상이 뿌옇게 되었어

그러니까 세상은 당신을 아파하고 당신을 앓게 되겠지

그러니까 세상은 점점 뿌옇게 될 거고

하지만 당신은 이미 모른 척이겠지

왜냐하면 당신은 정말정말정말의 세상으로 가버렸고
우리는 당신의 먼지만 가득 찬

세상에 버려졌으니까

춤을 추며 꿍타르꿍타

쓸쓸하지만 서럽지 않게
쿵따르꿍타
잘 말린 시래기를 다시 삶아 요리를 준비하듯
당신과의 이야기들을 가만히 꺼내어보면
서럽지도 않은데
쿵따르꿍타 눈물이 나네
가 닿을 수 없는 기억들이 음악이 되는 일은 너무 흔하지만
당신에게 전하지 못한 마음들은 다 어디로 가나?
귀청이 떨어져라 나의 죄를 고백하던 권태의 시절
나의 슬픔은 당신에게 얼마나 심심했을까?
그러니까 쿵따르꿍타
단말마만 아니면 고통은 음악처럼 가볍게 때론 장중하게
또는 당신의 숨소리처럼 11월에 내리는 빗소리처럼
마음이 사물처럼 딱딱해지지 않게
부드럽게 쿵따르꿍타 모두 잔을 들어
순간에 빠지기를
개뼈다귀 같은 죄의식은 하나님에게나 줘버리고
춤을 추며 꿍타르꿍타
다들 어디로 갔지?

카미스 카미스

그녀의 고양이 이름은 카미스였다

카미스 카미스 부르면 카미스는 카미스란 약을 들고 나타날 정도로 그녀를 따랐다

개같은 고양이라고 얘기하는 사람들도 있었지만 카미스는 가장 고양이다운 고양이의 방식으로

그녀를 따랐을 뿐이다 그녀가 너무 아파 앞이 캄캄하다 느낄 때면 그녀 앞을 환하게 해준 건 카미스의 눈빛이었다 그녀가 세상을 떠난 후에도 카미스는 목놓아 울지 않았다 두루미처럼 몸을 말고 그녀가 진 자리 자리들을 응시할 뿐 그 응시가 날아올라 고독의 다섯 번째 멜로디가 되고 일곱 번째 계절로 다시 찾아올 때까지 카미스의 수의는 점점 더 검게 부풀어 올랐다 카미스가 견딘 고독이 팽팽하게 부풀어 허공으로 데려갈 즈음 카미스는 이제 다시 고양이로 돌아오지 않을 생을 바라보고 그녀가 선물해준 고독을 잘근잘근 씹어먹으며 마지막으로 야옹~ 하고 웃으며 떠날 수 있었다 안녕~

카카포가 너의 말을

너를 찾으러 다니는 사이사이마다
길가에는 음악이 피어났다
격렬하지 않은 조금씩 저리고 마는
분홍색 돌을 닮은 음악도 있고 찢어진 검은 비닐 같은
음악도 있고
유통기한이 지난 통조림 같은 음악도 있고
상한 생선 같은 음악도 있었다
음악들은 아무에게도 기억되지 않을 것을 알고 있었지만
그저 순간마다 음악이기를 바랐다
너를 찾으러 다니는 사이
나의 발가락과 손가락이 조금씩 떨어져 나가고
몸은 조금씩 무너져 내리고 피는 조금씩 양을 늘려가며
흐르지만
괜찮다 그저 조금 저릴 뿐이니까
저물어가는 것뿐이니까
네가 있다는 그곳 뉴질랜드의 호수가 있는 어느 마을에선
카카포가 너의 말을 음악처럼 들려준다고 하던데
그 소리는 멀리서도 들려서 너를 찾기가 쉬울 거라고

역사학자들은 말한다

이미 오래 전에 음악은 사라졌다고 네가 듣고 있는 것은
그냥 소음이라고

귀가 없는 생명들은 떠들지만

나의 배꼽은 네가 들려주는 음악을 듣기 위한 귀이다

내 몸이 계속 저린 건 어디서든 너의 음악을 감지하기
때문

퀵퀵이던가 킥킥이던가 당신당신이던가

퀵퀵이던가 킥킥이던가 당신이 들려주는 음악을 들으면
내 몸은 부풀고 떠올라 구름 사이를 떠다니다
그러니까
퀵퀵이던가 킥킥이던가 카카차키오던가
날아다니는 새들 사이에서도 끊어지는 일 없는 당신의
음악은
새들도 잠깐 날갯짓을 멈추고
퀵퀵이던가 킥킥이던가 슬로우 슬로우
어디선가 지상으로 떨어지는 중이던 사람들도 솟구쳐
올라 어쩔 줄 모르고
퀵퀵이던가 킥킥이던가 팡팡팡이던가
당신의 음악이 들려오는 순간에는 울고 싶던 나의 뺨을
처음 보는 사람들이 마구 때리다 웃으며 같아 날아올라
퀵퀵이던가 킥킥이던가 푸드덕푸드덕이던가
당신 제발 그 음악을 멈추지 말아줘요
나의 춤이 멈추지 않게
퀵퀵이던가 킥킥이던가 당신당신이던가

킥킥거리며

혼들리는 은사시나무 잎으로 얼굴을 가리고 그늘 모자를 만들어 썼구나

너도 모르고 의사도 모르는 병 하지만 모두 네가 아픈 걸 안다

너무 참으면 병이 되요

참지 않으면?

무력한 슬픔에선 똥냄새와 지린내가 가시질 않고

사람들은 토하지 않기 위해 코를 막고 소독으로 슬픔을 코팅해버린다

살아서 참 다행이에요

뭐가?

다행인 걸까?

너는 좋은 사람들에 대해 이야길 한다

좋은 사람들은 참 무서운 거 같아

입을 막고 킥킥거리며 박수 짝짝

하얀 것이 하얀 것을 더하지 못할 때

켜켜이 쌓여가는 흰 빛들 그 사이에서 눈이 멀어버리게 되니까

4. 그림자 놀이

고통의 연주

오늘도 고통이 저를 연주합니다

고통의 실력이 부족한 건지 저라는 악기가 엉망인지 잘
모르겠지만

늘 연주는 아름답지 못합니다

고통을 찬양하거나 노래하는 이들의 고통은 어떤 고통
일까요?

저를 찾아오는 고통씨는 냠냠퐁퐁파르파르라는 이름을
가지고 있습니다

이름이 귀엽다고 오해하지 마세요

냠냠퐁퐁파르파르씨는 매우 집요하고 제 몸 구석구석
을 뛰어다니며 때론 서늘하게

때론 난폭하게 저를 흔들어댑니다

물론 아주 얌전하게 기절하지 않을 정도 감전이 일어난
듯 고요하게 흐르는 고통을 선사하기도 합니다

어쩌면 냠냠퐁퐁파르파르씨는 저를 사랑하는 것 같기
도 합니다

그는 잠도 자지 않고 쉬지도 않고 끊임없이 애무하거든요

제 몸 곳곳에 냠냠퐁퐁파르파르씨가 흘러 다니는 느낌

이 들어요

그가 애무할 때마다 냠냠퐁퐁파르파르씨가 되어가는 것 같습니다

제 말이 무슨 말인지 모르시겠다고요?

폴짝 하고 도처에서 튀어 오르는 고통씨들이 있고 그 고통씨들의 이름을 저는 잘 모르겠지만 내일이라도 냠냠퐁퐁파르파르라는 이름으로 존재할 수도 있다는 이야기입니다 당신이 만나는 고통의 이름은 잘 모르지만, 혹시나 언젠가 냠냠퐁퐁파르파르씨를 만나게 된다면 (아 그를 어떻게 구분하냐고요? 그는 딱 봐도 냠냠퐁퐁파르파르한 느낌이며 냠냠퐁퐁파르파르한 소리를 냅니다) 절대 눈길을 주지 마시고 달아나세요 그의 손을 잡지 마세요

호기심을 가지지도 마시고 생각도 하지 마세요 당신이 그를 떠올리는 순간 그는 당신의 손을 덥석 잡아버릴지도 모릅니다 극복할 수 있거나 아름답거나 치러야 한다는 말들로 화장한 고통들만 만나세요 냠냠퐁퐁파르파르씨가 당신의 손을 잡으면 남은 손으로 그의 뺨을 치세요 남은 손마저 잡히기 전에

그림자놀이

난 늘 그림자를 접어

네가 빠지지 않게

넘어지다 보면 늘 네 그림자 안

네가 불렀던 노래들이 나의 노래를 지우는 시간

왜 너는 자꾸 보랏빛이 되어가는 걸까

왜 나는 자꾸 달아나야 하는 걸까

아프지 마

네가 아프면

나는 자꾸 넘어져

달아날 수도 없는 시간에 갇히고

왜 너의 노래는 자꾸 떠도는 걸까

왜 나의 목소리는 사라져가는 걸까

사람들을 위해 세상을 위해 기도하던 새벽

그건 사실 너에게서 달아나려는 몸짓

가도 가도 네 그림자 안

벽과 춤을 춰봐도

밥을 많이 먹어도

갑자기 눈이 내리지는 않아

너의 그림자가 사라지지 않는다면
태양은 사라지지 않는 걸까
너는 말했지
너의 그림자는 너의 노래들을 먹고 자라난다고
너의 노래들이 멈추면 그림자는 사라질 거라고
그러니 달아날 필요 없다고
네가 부르지 않아도 너의 노래들은 계속 터져 나올 걸
모르고 하는 너의 그림자놀이

아무도 알려주지 않은 말들

　내가 어떻게 생겨났는지 누구도 기억이 없다
　고슴도치처럼
　누구도 가까이 오기를 꺼려했다는 것만 알 뿐
　아무도 알려주지 않은 말들을
　어떻게 내가 중얼거리게 되었는지 어떻게 뒤로 걷게 되
었는지
　누구도 설명할 수 없었고 알고 싶지도 않았다
　뿌옇게만 보이는 세상 속에서 금요일의 노래를
　누군가의 목소리를 처음 듣고 그 소리를 따라 왔지만
　노래는 언제나 달아나고 깨어나면 금요일도 언제나 달
아나 있었다
　팔을 뻗어 잡아보고 싶은 금요일
　이제 나의 노래를 불러보고 싶은 그런 날이다

안개의 습관

너와 통화를 하다 턱을 괴었다
손가락들이 하나씩 사라진다고 네게 말했더니
넌 내게 그건 안개의 습관이야, 라고 말해주었다
그러니까 호수에 돌멩이를 던지면 냉큼
사라지는 일들에 대해서 절벽에서 바다로 떨어지면
사라지는 시체들에 대해서 노래를 부르면
음표들이 마구 부서지는 것에 대해서
시무룩해 하지 마 고양이들이 사라지는 숲에 대해서
너는 어질거리는 너를 자꾸만 툭툭 잘라지는 너를
그러면서도 떨어지지 않고 끈적거리는
너를 다른 사람일 수 없는 너를
고양이도 돌멩이도 되지 못하는 너를
너는 이기지도 못할 너를
질질 끌고 산에서도 떨어트리고 호수에도 떨어트리고
그래도 자꾸 기어 나오는 축축한 너에게
그게 다 너의 습관이니?

오늘도 짜증나는 날이다

아침부터 허벅지에 지속적인 경련이
멈추지 않는다 지겹고 견딜만한 고통이
멈추지 않는다 당신은 미래에 있고
나는 숨을 쉴 때마다 뒤로 간다
당신이 올 때마다 눈을 질끈 감았다
하지만 당신의 두 손을 잡았지
미래로 가는 당신과 뒤로 가는 내게
순간이라도 주고 싶어서 잡는 시간이 길어질수록
당신은 아프겠지 고통이 멈추면 생도 멈추겠지
나는 나비도 꽃도 아닌 먼지 꽃피는 생보다는
시무룩한 고통의 음률에 맞춰 춤추는 순간이
내게는 더 어울린다 어울리지 않는 음악들은
이제

죽고 싶은데 자꾸만 입은 중얼거린다

죽고 싶은데 자꾸만 입은 중얼거린다 다물어지지 않고 쉴 새 없이 자면서도 중얼거린다 말할 수 없는 것들에 대해서 자꾸 중얼거린다 혀는 춤을 추고 이빨은 자꾸 서로 부딪친다 맞아 자꾸라는 이름을 가진 개가 있었어 무단횡단을 하는 나를 쫓아오다 차에 치여 죽은 자꾸라는 개 자꾸 눈물이 나네 나는 남자도 여자도 사람도 아니라는 생각을 하던 중이었는데 입 밖으로 튀어나오는 말들은 인간다움에 대해서 지껄이고 있는 무단횡단 같은 나의 삶을 너무 경멸하지는 마 내가 이미 빠르게 나를 경멸하고 있다고 뭘 그렇게 중얼거려? 묻는 네게 나도 내가 뭘 중얼거리는지 모르겠어 그냥 자꾸 걷게 되고 자꾸 목이 마르고 자꾸 손이 떨리고 자꾸 네 얼굴이 보이고 자꾸라는 개가 또 생각이 나 죽고 싶은데 왜 자꾸 살아가는지 난 남자도 여자도 사람도 아니라고 생각하지만 네 입술과 혀는 죽도록 좋아 키스할수록 죽고 싶거든 키스할수록 살기가 싫어 키스할수록 목이 마르고 여기서 왜 갑자기 노래를 부르는 거야? 그런데 이곳에서 왜 갑자기 춤을 추는 거야? 몰라? 키스가 하고 싶으니까 키스를 하면 할수록 눈물이 나고

죽고 싶으니까 맴돌게 되는 것처럼 나도 왜 자꾸 중얼거
리는지 비틀대는 말들은 왜 계속해서 죽었다 살아나는지
난 남자도 여자도 사람도 아니라고 생각하지만 왜 자꾸
네 입술에 취해가는지 왜 내 안의 안개는 자꾸 짙어지는
지

5. 구름의 기억

가는 곳마다

내가 가는 곳마다 저녁이 되고 만나는 사람마다 짐승이 된다
너는 이제 막 날개가 돋기 시작한 슬픈 짐승
날개를 가진다는 건 참 쓸쓸한 일이야
온몸이 뜬 눈으로 뒤덮이는 건 참 아득한 일이고
네가 날게 되면 너라는 기억은 우리 서로 잊겠지
나는 당나귀가 수라를 뜯어먹는 시간으로 갈 거야
별도 바다도 너도 없는 곳
흘러가는 것도 흘러내리는 풍경도 없는 곳
새벽이 오지 않을 저녁의 시간으로 가서
희미하게 남아있는 너라는 기억을 아주 조용히 그리고 오래
뜯어먹고 있을 거야

그는 항상 칼을 주머니에 넣어가지고 다녔다

  그는 항상 칼을 주머니에 넣어가지고 다녔다 그냥 평범
한 등산용 칼이라며 디자인이 예뻐서 하나 장만했다고는
하지만 그가 가지고 다니는 스웨덴산 라스페거 첼 F 칼은
등산용이라고 하기엔 칼날의 길이만 18cm가 넘었다 그는
칼날이 무뎌지는 게 싫어 칼 가는 기계로 매일 칼을 갈았
다 그는 그 칼이 얼마나 잘 드는지 시험하기 위해 어디서
든 나무가 보이면 그 가지를 슥 하고 베었다 꽃잎이 후드
득 떨어지듯 소리도 없이 나뭇가지가 베이고 떨어지는 풍
경은 언제나 황홀했다 꾸역꾸역 살아내는 자신의 삶이 언
젠가는 아름다운 분홍 핏빛으로 물들어 황홀하게 지는 상
상 그는 그런 상상을 통해서만 지긋지긋한 일상의 답답함
속에서 벗어날 수 있었다 하지만 상상이 언제나 상상뿐이
라고 느껴질 때 그는 자신의 칼이 쓸데없이 발기되어 창
피하기만 한 남근처럼 느껴지기도 했다 꽃은 아름답게 피
어 아름답게 져야 한다 그는 자신의 의지와 상관없이 개
화되는 하루하루가 혐오스러웠다 가끔 청탁에 의해 개화
해야 하는 순간들이 찾아오면 그는 자신이 미학적이지 못
한 더러운 빨강에 물들어간다고 생각했다 회복해야 하는

분홍 핏빛을 위해 그는 평화로운 자신의 삶에 증오를 심고 대항해야 한다고 생각했다 나뭇가지를 베듯 자신의 몸 곳곳을 베는 상상의 끝은 언제나 자신의 목을 베는 절정 그러나 절정의 끝을 스스로 보지 못할까 그는 또 불안했다 불안의 해결책은 뭘까? 위태로운 삶을 질질 끌며 꽃은 피고

그러니까 놀란 눈

그러니까 놀란 눈
쉽게 멍이 들고 쉽게 없어지는 상처
마음이 흔들리면 몸에 꽃이 피거든 근데 꽃은 또 쉽게 지지
너의 이름을 불러도 그 이름 뒤에 이름들
해가 떠 있어도 비가 내릴 수 있다는 거
그러니까 놀란 눈
너라는 협박 천국과 지옥 그 어딘가
방아쇠를 당기면 내가 날아오르지
비행은 너무 무서워 눈을 꽉 감으면
너의 몸을 관통한 후 나를 적시는 바람
그러니까 놀란 눈
그거 알아 개미와 코끼리가 사랑을 나눌 수 있다는 거
그거 알아 별들은 서로의 흔적이라는 거
그거 알아 음과 음들은 서로의 흔적이라는 거
그거 알아 너와 나는 서로의 흔적이라는 거
그러니까 놀란 눈
감겨지지 않을 것 같은 그러나 콱 하고 닫히면
뒤도 돌아보지 않을 것 같은 눈동자

넓은 바다 속에 빼곡히 들어차 있는 너의 눈동자
나무와 겨울과 꽃과 여름과 당신
그러니까 놀란 눈

그런 일이 종종

그런 일이 종종
바다 위에서 목이 마르고 바스락거리는
잠수하고 싶은 나비와 하늘을 날고 싶은 고등어
당신의 엉덩이가 되고픈 구름과
사랑하고 사랑받고 싶은 불우렁쉥이
그런 일들은 종종
당신의 당나귀는 알고 있지
아무도 없을 때 구름 속에 당신이 집을 짓는 걸
당신이 살 수 없는 당신이 만든 집
풀숲에 숨어있는 갈색 토끼는 보고 있지
당신의 나무가 빨갛게 타고 있는 걸
누군가 분홍색 당신 집에 숨어있는 걸
종종
울면 울수록 흐를 수 없다는 걸
뛰면 뛸수록 도망갈 수 없다는 걸
당신은 알고 있으니까
꽃들도 바람도 당신에게 취해버렸으니까
뭐 언제나 종종

너는 혼자 살아라

중계역에서 수락산역까지
당신이 숨어있을 골목들을 걸었어
걷다 보면 어디선가 당신의 웃음소리가 음악 소리보다
크게 들릴 줄 알았어 걷다 보면 어디선가 당신이 밥을
먹고
당신이 넘어져 있고 당신이 술을 마시고
급해서 화장실에 가는 당신
내 눈엔 아무것도 보이지 않는 허공을 향해
말을 걸고 제발 그만 좀 괴롭혀라
엄마 저 아이들이 괴롭히는데 엄마는 어디 간 거야
엄마의 자식들이 아닌 동생들이 자꾸 생겨나는데
동생들은 더 이상 보고 싶지 않은데
엄마가 아닌 엄마들은 자꾸 생겨나는데
허공을 향해 말을 거는 당신의 이야기들이 끝없이 펼쳐
지는 동안
난 귀를 막았어 귀를 막아도 노래는 멈추질 않고
귀속으로 흘러드는 빗물이 당신을 적실 텐데
걷고 또 걸었어

중계역에서 공릉역까지 당신이 청소를 하던 건물과

당신의 자식 집 앞까지 걷고 또 걸었어

걷다 보면 어디선가 길에서 만난 모르는 사람에게 말을
거는 당신을

그렇게라도 말을 해야만 했던 당신을

흘리고 싶은 눈물의 양만큼 술을 마시던 당신을

아야 나는 받아본 적도 없어서 사랑이 뭔지 몰러

니는 혼자 살아라 먹고 싶은 것 먹고 누구에게 원망도
받지 말고

아야 너무 아플 때까지는 살지 말어

길을 걷다 보면 도처에서 들리는 당신의 목소리

너의 생일에

오늘만큼은 너에게 선물을 주지 않을 것이다
싱그러운 말도 건네지 않을 것이다
너를 위해 촛불 하나 켤 것이다
소원은 빌어도 소용없는 촛불을
단지 너 하나만을 위한
촛불은 네가 아무리 호 하고 불어도
꺼지지 않을 것이다
촛불이 꺼지는 순간은 자신의 몸을 다 태운 후
다 타고 남은 촛농 아니면 순간을 태워버린 재
그것을 너에게 줄 것이다

네가 나를 총으로 쏜 날

미얀마에서 네가 나를 총으로 쏜 날
거기에 슬픔은 없었다
슬픔은 언제나 홀로 깨어 홀로 잠드는 흐르지도 못하는
찐득함
컴컴한 다락방에서 홀로 할 수밖에 없는 수음
죽은 것보다 살아가는 일
피비린내보다 역한 물비린내들
똥냄새와 지린내가 가시지 않는 삶
구차스러운 밥을 먹고 구차스럽게 똥을 싸고
구차스럽게 길을 걷고 구차스럽게 너와 키스한다
놓을 수 있는 것들은 슬픔의 영역이 아니다
내리는 눈이 아니라 쌓인 눈
지상의 것들과 뒤범벅이 되어 뭐가 뭔지 모르는
네가 마구 던지는 물음표 안에 갇혀버리는 일
그러니까
미얀마에서 네가 나를 총으로 쏜 것에 대하여
총알이 나를 관통하지 못했다는 것
삶의 가장자리만 스쳤다는 것

그때 내 마음 다락방 안에 후드득 춘화들이 떨어져 나가고
지워졌다는 것 아니 얼룩으로 뒤범벅되었다는 것
마른 비 내리는 삶에 대하여
지워지지 않고 얼룩이기만 한 것에 대하여

당신과 상관없는 웃음

오지 않을 당신을 기다리며
해장국집에서 술을 마신다
바람은 바람을 적시지 못하고
빗방울은 당신에게 가 닿지 못하는 그런 날
기다림은 당신과 상관이 없어지는 그런 날
누군가 서럽게 우는 일 누군가 손목을 긋는 일
비둘기가 까마귀를 겁탈하는 일
꽃들에게 이빨이 생기고 모든 전화가 불통이 되는 일
그런 일들이 아무 느낌이 없을 때
해장국 속 우거지에게 눈물을 빌려준다
당신과 상관없는 눈물과 웃음
눈물 나는 날 소주가 왜 좋은지 알아?
눈물은 소주를 적시지 못하거든
근데 소주는 눈물샘을 충분히 적실 수 있다는 거
당신이 오지 않아도 밤이 가고 새벽이 오듯
기다림은 아침이 되면 절벽으로 향할 것이고
날이 저물면 만신창이가 된 기다림은 또 나를 찾아오겠지
안녕

당신의 극

당신에 이르기 전에 난 죽을 거야

그러니 나의 그림자와 당신이 손잡을 일은 없을 거란 거지

우리가 서로에게 미치고 취해 아무리 허우적대도

그 몸짓으로 골목골목마다 꽃이 피고 피는 꽃이 노래를
불러도

나는 자꾸 옆으로 뛰거나 뒤로 뛰게 되는 일

예정된 태풍 따위야 예정된 감염 따위야

그냥 너를 보며 뛰어도 자꾸 자꾸 어긋나는 것

어긋난 뼈가 삐걱대는 게 그게 고작 나의 노래라는 거

어긋난 몸 어긋난 마음을 당기는 극은 당신의 극과 다를
수밖에

당신의 바깥에 있습니다

당신은 바다 위에 있습니다
저는 호수의 바닥에 있습니다
당신 안에는 음악이 흐릅니다
저는 늘 음악의 바깥에 있습니다
당신은 19번째 지구에 있습니다
저는 폐기된 행성 693호 명왕성에 있습니다
우리의 말은 섞이지 않고 자꾸 가슴만 파헤쳐집니다
당신이 빛나는 순간마다 저는 자꾸 흩어지고 사라집니다
명왕성에서 제일 큰 호수 쿠에츠에서 괴물로 자라는 중입니다
아무리 커도 바닥에 딱 붙어 물 바깥으로 나갈 일이 없습니다
당신의 바다 근처에는 갈 일이 없으니 안심하세요
제가 아무리 커져도 믿거나 말거나의 세계일뿐
저는 늘 당신의 바깥에 있습니다

당신의 서랍에서 파도가 치던 날

당신의 서랍에서 파도가 치던 날
바닥이 나를 일으키며 벽이 되었고
바닥이었던 벽들과 밤새 춤을 추었네
춤을 출 때마다 벽들은 허물어졌고
허물어진 벽들은 눈물이 되어 바다로 헤엄쳐갔네
남아있는 벽 하나 당신을 기다리는 중
당신이 없는 당신의 서랍에서는
날마다 분홍 수염을 가진 고래와
허물어지지 않는 말랑한 이빨을 가진 상어 떼가
출몰을 하고 메르타 메르타 소리를 내는
당신을 기다릴 수 있는 밤은 얼마나 남았을까?
당신의 서랍은 언제까지 파도를 견딜 수 있을까?
메르타 메르타 울어대는 고양이의 이름은?
춤을 추는 계단을 검은 비닐봉지에 넣고 노래를 부르는 새벽
그러니까
당신의 서랍에서 비가 내리던 날
눈물이 음악이 되어 춤을 추던 날

당신이 손이라도 흔들면

멀리서 당신이 보이면
봄이 온다
당신이 손이라도 흔들면
꽃들이 만발하고 죽은 아버지가 깨어나 소주를 마신다
하지만 봄이 왔다 갔고
아버지가 소주를 다 마시고 다시 죽어도
당신은 더 가까이 오지 않는다
내가 흘린 눈물과 흘릴 눈물만큼 당신이 내게로 미끄러질까
어두워져오는 날씨와 홀로 공중에서 춤을 추는 당신의 모자와
가까스로 춤을 추는 뒤틀어진 나의 손가락과 발가락들 사이로
당신이 새어 나간다

당신이 숨 쉴 때마다

그러니까 이곳은
시작도 끝도 그 무엇도 첨가되지 않은 차가운 어둠
그 영역 안에서 천천히 조금씩 태어났다 자다 죽었다 깨다를
화성에 가봤어? 토성에는? 명왕성에는?
그곳에는 말이야 뭔가를 심을 수가 없어
까마귀의 깃털조차도 깃들여지지 않아
당신이 숨 쉴 때마다
왜 내 입에서 콧구멍에서 항문에서 벌레가 기어 나오는 걸까?
벌레들이 온몸을 뒤덮으면 난 썩어갈 수 있을까?
대체 무슨 얘기야?
네가 있는 곳은 환해 보이는데
뭐가 자꾸 어둡다는 거야?
음 그럼 눈 안에 이빨이 있는 짐승을 본 적이 있어?
뜨거워지면 주변을 환하게 불태우는 꽃은 본 적이 있어?
아니면 등에 칼이 꽂힌 채로 태어난 아이는?

154

당신이라는 버튼

백 년 전에 당신을 만난 적이 있어
유난히 붉게 보이던 건 당신의 입술이었을까 당신이 깨
물던 사과였을까
그때 당신은 우리가 만 년 전에도
만난 적이 있지 않냐 말했었지
그때 그 지푸라기 같았던 약속들
눈처럼 녹아내릴 기억들
하지만 당신의 혀 아래 깊숙이 숨겨놓은 씨앗
당신 당신이라는 버튼
버튼이 사라지면 지구에 종말이 온다 해도
무덤덤하게 빵가루를 씹으며 당신이 버려놓은 눈물들
을 모아
정말정말정말
의 세계는 모두 끝이에요
빵가루가 눈처럼 내려도 별들이 사방으로 떨어져도
종말종말종말
당신 당신이라는 버튼

당신이라는 비명

당신이 달려오는 속도보다는 빠르게
나의 몸이 돌멩이가 되어가고
단풍이 물드는 속도보다 빠르게
우리의 피가 서로 섞이고
섞인 피로 우리의 방을 색칠하지
당신의 혀로 나를 핥으면
눈에선 설탕 시럽이 흐르고
엉덩이는 부푼 구름이 되고
나는 자꾸 나를 놓게 돼
당신이 나를 만지면 우수수
떨어지는 모래들
그 모래들 사이로 나를 핥는 분홍 고양이
번쩍 깨어나는 나라는 착각
살아있다는 착각
고양이를 따라가다 보면 당신을 놓칠 거라는 착각
온몸에 소름 대신 돋는 착각의 비늘
분홍 고양이가 보랏빛으로 물드는 저녁
뒤엉킨 당신을 풀어내자마자
후두둑 떨어지는 당신이라는 비명

지구에 잘 왔다 —하재욱에게

너는 밥을 먹지 않고 밥을 생각한다
너의 핏속에는 많은 가족들과 많은 죄인들이 흘러 다니고
너의 핏속에는 길을 잃은 물고기들과 밤새 공 굴리는 벌
레들과
파산된 음과 먹지도 않고 싸지르는 비명들이 가득하다
하지만 나는 안다
네가 꽃으로 태어났다는 걸
아니 계속 피어내야 하는 나무라는 걸
네가 아무리 뒤척여도 피어낼 수밖에 없는 꽃들이
네 몸뚱이라는 걸 네 말과 네 피라는 걸
아름답다거나 하는 얘기가 아니다
넌 계속 피어내야 하는 존재라는 걸
너의 불안과 너의 고독이 널 계속 피어나게 할 거라는 걸
지구에 잘 왔다
너라는 꽃이 피어날 때마다
버려진 개천과 허물어진 벽들 사이에도
비틀어져서라도 피게 되는 꽃들이 자라나겠지
지구에 잘 왔다

버라이어티한 언술과 코기토의 핍진성

김도언 시인, 소설가

　행간에 숨은 '포에지poesie'까지를 포함해 주어진 텍스트들
이 전하는 풍요로운 함의를 겨우 해독해보면, 황용순의 자의
식은 오랫동안 자학과 자기파괴의 욕망에 경도되어 있었던
것으로 보인다. 그런데 이 자의식은 아름다움을 선천적으로
탐닉하는 또 다른 강력한 욕망의 호위를 받는다는 점에 있
어서 대단히 이색적이다.(이 후자의 욕망을 '의지'라는 말로
바꾸어 읽어도 무방하다.) 이 이색적인 미학의 세계가 보여
주는 가능성은 그의 윤리적 태도를 결정하기도 하는데, 그것
은 첨예한 고통의 현장을 살아내고 살아온 '생존자'가 갖는
겸허하면서 의연한 위악에 겹쳐 있다. 그리고 이 위악에는
타인의 간섭이나 동정을 가볍게 튕겨내는 위엄이 실린다.

　황용순은 태어나면서부터 장애라는 육체의 조건, 물리적
인 한계와 직면한 존재다. 그 첨예한 육체성은 시의 정신과
분리될 수 없고 분리되지도 않는다. 정확히 말하면 시의 초
월적 언술로도 극복되지 않는 장애의 절대성은 매우 지엄한
현실이다. 시인은 그것을 그대로 받아들인다. 그러니까 장애
를 부정하지 않고 적극적으로 자기 삶에 대입시키는 방식으
로 장애의 액면을 전경화하면서 독자적인 포에지를 도모한

다. 이것은 매우 영민한 전략인데, 아마도 시인은, 시의 힘으로 고통과 장애를 넘어설 수 있다는 항간의 믿음이 사실이라면 그것은 고통이라는 '일종의 치욕'을 숨기지 않고 세부적으로 묘사하는 데서부터 가능하다고 생각한 듯하다.

> 아침부터 허벅지에 지속적인 경련이
> 멈추지 않는다 지겹고 견딜만한 고통이
> 멈추지 않는다 당신은 미래에 있고
> 나는 숨을 쉴 때마다 뒤로 간다
> 당신이 올 때마다 눈을 질끈 감았다
> 하지만 당신의 두 손을 잡았지
> 미래로 가는 당신과 뒤로 가는 내게
> 순간이라도 주고 싶어서 잡는 시간이 길어질수록
> 당신은 아프겠지 고통이 멈추면 생도 멈추겠지
> 나는 나비도 꽃도 아닌 먼지 꽃피는 생보다는
> 시무룩한 고통의 음률에 맞춰 춤추는 순간이
> 내게는 더 어울린다 어울리지 않는 음악들은
> 이제
>
> —「오늘도 짜증나는 날이다」 전문

아침부터 지속적인 경련이 이는 고통, 그것이 안겨주는 불안은 무엇일까. 그 삶이 가질 수 있는 전망이란 또 무엇일까. "멈추지 않는다 지겹고 견딜만한 고통이/ 멈추지 않는다 당신은 미래에 있고/ 나는 숨을 쉴 때마다 뒤로 간다"는 진술은 장애가 없는 범인이 영속적인 고통에 대해 가질 수 있는 통속의 감각을 단번에 후려친다. "나는 숨을 쉴 때마다 뒤로 간다"라는 구문 앞에서 독자들은 반드시 자신의 안락하고 평이한 숨의 기미를 살펴야 할 불편함을 느끼리라. '앞'은 나아가는 세계이고 '뒤'는 물러나는 세계다. 그것은 물리적 차원의 영역에서 이례적이고 관념적으로 촉지된다. 고통이 없는 "당신은 미래에 있고" 앞으로 가는 존재인데, 나는 뒤로 가는 존재다. 여기서 육체의 현실은 인식론적 단절로까지 순식간에 치닫는다. 그 매끈한 비약에 스민 절망을 읽어내는 거개의 독자는 연민과 동정이라는 낯익은 감정의 유혹에 직면할 수밖에 없다. 그런데 시인이 과연 그것을 허용할까. 당연히 그렇지 않다. 시인은 "나비도 꽃도 아닌 먼지 꽃 피는 생보다는/ 시무룩한 고통의 음률에 맞춰 춤추는 순간"을 찾아낸다. 오랜 시간 고통을 다뤄온 '불안의 장인'다운 처치라고 할 수 있다. 그러면서 고통에 울고 신음하는 "어울리지 않는 음악들"을 자신의 세계로부터 분리한다. 이때 "춤"은 시인에게 중요한 모티프가 된다.

> 밤의 눈동자를 갖고 싶었어
> 내 몸은 불량품으로 어딘가 부서져 있지
> 너를 기다리며 삐그덕거리는 춤을 추어보지만
> 네 모습은 보이지 않고 거울을 봐도 내가 보이지 않아
> 사라져가는 내 모습을 붙잡고 다시 일어나 길을 떠나야지
> 그러기 전에 살아 있는 너의 숨소리를 듣고 싶어
>
> ─「dajai」 전문

이 시집에 수록된 시텍스트의 전언에 따르면 시인은 고통을 인지하고 받아들이는 과정에서 첨예한 자긍심과 자폐적 몰락을 교차적으로 반복하는 것으로 보인다. 그는 자신의 몸을 "불량품"으로 인식하는 차원에서 시작해 "삐거덕거리는 춤"과 "내가 보이지 않"는 반어적인 거울을 통해 "살아 있는 너의 숨소리"라는 이데아로 나아가는데, 선조적으로 진행되는 시간의 흐름 자체가 황용순 시가 가지고 있는 극적인 역동성을 담보한다. "삐그덕거리는 춤"은 다른 사람은 추고 싶어도 출 수 없는 춤이다. 고통의 현실을 정직하게 소비하는 자만이 보여줄 수 있는 '코기토cogito'로서의 춤이다. 데카르트는 성찰에 있어서 모든 것을 의심하고 모든 것에 속아도 '내'가 사유하고 존재하는 것만은 불가의한 진리라 하고 이것을 철학의 원리로 보았다. 코기토는 라틴어로 '나는 사유한다'를 의미하는 것인데, 데카르트 이후 '사유하는 나'는 확장되어 인식주관이나 인격주체를 의미하기도 한다. 황용순에게 '춤'은 불안이나 고통 같은 감각과 인식 사이에 존재하는 사유 주체의 불능한 현실을 형상화할 수 있는 유력한 텍스트다. 이를테면 육체라는 내용이 춤이라는 형식을 권고하고 춤이라는 형식이 육체의 내용을 보증하는 방식이랄까. 이 '춤'의 이미지는 시집 전체를 통해 지속적으로 그리고 반복적으로 변주된다. 단일 시어로 '춤'이 차지하는 비중은 압도적이다. 「비틀대는 춤」이라는 시편은 아예 자신에게 헌정하는 자화상으로 읽힌다.

춤추는 물푸레나무 아래서 물들어 같이 춤출 무렵

당신은 결국 휘어지다 못해 꺾였습니다
한쪽으로 꺾인 당신 쪽으로 가 닿고 싶지만
나의 춤도 한 방향으로만 흔들댑니다
보이지 않아 당신이 어느 방향인지도 모르는 방향으로
　　　　　　　　　—「비틀대는 춤」전문

　　시인은 휘어진 물푸레나무와 자신을 완벽하게 동일시하면
서 춤의 역동성을 빌려와 미적 가능성—육체적 현실을 지워
버리는 해방과 구원의 가능성을 타진한다. "나의 춤"과 물푸
레나무의 춤은 코기토로서의 대자적인 조응이며 소통인 동
시에 그 자체가 하나의 존재론적 통합이다. 상상 속의 '만들
어진' 공허한 레토릭이 아니라 자신의 육체가 가진 지극한
리얼리티의 세계를 통합의 차원에서 이렇게 적확하고 유효
하게 벼려낸 시적 사례가 또 있는지 과문한 나는 알지 못한
다. 황용순이 보여주는 '춤'의 역동성은 기괴하면서도 낯선
이미지들을 거느리면서 발레극장 같은 장엄한 풍경을 독자
들에게 선사한다.

나는 나를 지탱하고 있는
이 끝없는 고속도로의 냄새를 느끼지
그건 어쩌면 내 탄생의 비밀인지도 몰라
갑자기 깊은 잠에 빠져들어
눈을 떠 보면 미소 짓는 하이얀 피부의 여인
가쁜 숨을 몰아쉬며 나를 내려다보고 있지
나는 그녀의 젖꼭지를 물어뜯으며 너무도

어머니가 보고파져 눈물을 흘리다

더욱더 애처로운 목소리로

엄마 엄마 당신이 날 낳은 곳으로

다시 들어가고 싶어요 절 받아 주세요

아 찢어질 것 같아

― 「길」 부분

　개인적으로 각별하게 다가온 시편 「길」에서 시인은 "탄생
의 비밀"을 입 밖으로 내며 천생天生의 신분이 한정하는 존
재론적 숙명을 인지한다. 이 존재론적 숙명에 대한 감각은
"길"과 "고속도로" 같은 앞으로 나아가는 공간의 이미지를
동원하면서 고통의 영속성을 극대화한다. 시인에게 고통은
길처럼 펼쳐져 있다. 대모적 존재로 보이는 "미소 짓는 하이
얀 피부의 여인"조차도 "가쁜 숨"을 몰아쉰다. 피에타의 마
리아를 연상시키는 이 장면에서 안식과 평화는 설 자리가
없다. 시인은 "어머니가 보고파" 눈물을 흘리면서 외친다.
"엄마 엄마 당신이 날 낳은 곳으로/ 다시 들어가고 싶어요
절 받아 주세요" 낯설고 힘센 것들이 질주하는 고속도로라
는 외계에 잘못 나왔음을 알고 귀속하고자 하는 이 고통의
주체자의 절규 앞에서 "찢어질 것 같"은 실존의 위태로움 앞
에서 역설적으로 '포에지'는 선명하게 꽃핀다. 이것은 아무
도 표절할 수 없고 모방할 수 없는 불가능한 미메시스의 원
형질이라고 할 수 있다.

**

여기서 좀 다른 얘기를 해보고 싶다. 현대의 시학에서 몰락에 경도되는 '다운시프트'의 욕망을 통해 특유의 미학적 경지를 선취하려는 이들이 있다. 그것은 소멸 또는 절멸의 탐닉 같은 니힐리즘의 고전적인 주제가 작동되는 방식과는 사뭇 다르다. 지난 시대의 시인들이 자멸이나 초월 같은 극단적 현실 부정를 통해 구원을 모색하는 다분히 신화적인 시도를 했다면 현대의 시인들이 탐닉하는 몰락은 일종의 전략적 태도로 이해되어야 할 부분이 있다. 그들은 독자적인 스타일리스트의 입장에서 시적 각성에 이르는 과정을 집요하게 욕망한다. 황용순을 포함해, 현대의 시인들은 몰락의 가능성을 타진하면서 소유와 소비에 종속되어버린 친자본적 현대 사회의 도덕적 해이를 조롱한다. 모두가 성공과 승리를 갈망하는 것이 선이 되어버린 시대, 패배하는 데 성공하는 것으로 자기가 속한 사회의 불구성을 선명히 고발하는 전략이 바로 명민한 현대 시인이 기획한 것이다.

황용순은 현대가 요구하는 이와 같은 컨템프러리한 시학의 첨단에 가장 정직하고 성실하게 닿아 있는 시인으로 보인다. 그것은 그가 지닌 물리적 한계와 관계가 있기도 하고 또는 전혀 관계가 없기도 하다. 황용순의 시를 물리적, 육체적 한계와만 결부시켜서 해석하는 건 대단히 적절치 못한 태도다. 그것은 또한 시인이 시텍스트 곳곳에 숨겨놓은 트릭에 보기 좋게 당하는 것이기도 하다. 그의 시가 보여주는 세계는 일안적 관점으로는 독해가 불가능하다. 일단 황용순의 시텍스트는 극강의 풍요로움으로 그 자신이 갇힌 '육체적 한계에 지배당할 수밖에 없는 텍스트적 한계'를 넉넉히 뛰어넘고 있기 때문이다. 그의 시가 보여주는, 혹은 숨겨놓은 비의적 세계를 온전히 읽어내기 위해서는 양안적 관점이 필요한데, 일단 그의 시텍스트는 넘치면서 들끓는 현대의 발화 욕망을 거침없이 수용하고 있다. 여기엔 기성사회가 구축한 도덕과 윤리의 타기, 위선과 가식에 찌든 권력 혹은 권위 비판, 섹슈얼리티에 대한 갈망, 죽음에의 집요한 경도, 절대적 순수에 대한 신앙, 자기 파괴, 부활과 갱생, 대중예술과 음악 탐닉, 원초적 고독, 관계와 소통에 대한 희구, 사물들에 대한 판타지, 특정 이미지에 대한 편집적 집착 등을 모두 포함한다.

꿈속에서
꽃이 가득한 정원에 앉아
피아노를 치는 친구와 그림을 그리는 친구
글을 쓰는 친구와 차를 마시며
사랑에 관해 이야기를 나누었다
평소 풀리지 않던 사랑에 대한 질문들에 대해
내 입에선 너무도 명징한 대답이 쏟아져나왔고
감탄한 친구들이 노래를 부르고 춤을 추기 시작했다
나도 내가 한 얘기지만 너무 감탄스러웠다
그런데
친구들이 돌아가고 얼마 지나지 않아
그게 다 무슨 소용이지? 나도 모르게
눈물이 후드득 떨어졌다

금세 어둠이 몰려왔고

주위엔 개미의 한숨 소리조차 들리지 않게 되었다

오직 귓가엔 그게 다 무슨 소용이지? 라는 웅얼거림

만 되풀이될 뿐

— 「꿈속에서」 전문

　황용순은 문화예술의 고급한 향유자로 보인다. (나는 그것
을 그와 직접 친교하고 소통하는 과정에서 확인할 수 있었
다.) 그의 주변엔 소설가와 시인이 있고, 화가가 있고 가수
와 피아니스트가 있다. 그는 그들과 "꿈속"에서 자유롭게 어
울린다. 그것을 현실이 아닌 "꿈속"의 세계에 대입시킨 것은
일종의 역설적인 전략, 트릭으로 읽히는데, 예술이 갖는 어
떤 속성을 날카롭게 묘파하려는 의도가 개입된 것으로 보인
다. 자신이 내뱉은 이야기가 "너무 감탄스러"운 나머지 작가
와 피아니스트와 화가와 함께 노래를 부르고 춤을 추는데,
이것은 예술이 갖는 일상적인 판타지를 보여주는 동시에 그
판타지라는 부력이 벗겨졌을 때 급속히 현실로 추락하는 예
술의 무력함을 동시에 보여주는 언술일 것이다. 그런데 보통
꿈은 절정의 순간에서 깨지기 마련이다. 그런데 황용순은 꿈
속에서마저 현실로 돌아온다. "친구들이 돌아가고 얼마 지
나지 않아/ 그게 다 무슨 소용이지? 나도 모르게" 중얼거리
며 꿈속의 절정을 여전히 꿈속에서 성찰하는 형국이다. 이
관념의 현실적 강박은 무엇을 말하는 것일까. 아마도 자본
과 권력에 기반하는 현대예술의 생리에 대한 원초적 거부감
이나 불안을 묘사하면서 자발적 소외에 대한 자신의 동경을

형상화한 것이리라. 시적 에스프리로서의 '불안'은 시집 곳
곳에 출몰한다.

> 밤에 닿은 적이 없었다
> 밤의 속살을 만지고 싶었다
> 언제나 너무 뜨겁거나 너무 추워
> 기쁨과 상처가 없는 일상은 언제나 눈물이 난다
> 너는 아무도 없는 틈과 사이마다 스며있다
> 문을 열면 어디에서든 왈칵 하고 네가 쏟아질 것 같아
> 라디오를 켜면 너는 음악과 음악 사이에 숨어 있다
> DJ의 옅은 기침 사이로 스민다
> 해가 져도 오지 않는 밤
> 환한 어둠 따윈 밤의 세계가 아니다
> 너는 도처에서 파도치지만 너를 볼 수 있는 곳은
> 비행하는 모기의 눈 속 어딘가
> 밤은 온 적이 없어도 태양은 뜨고
> 너는 도처에 있지만
> 만질 수가 없다
>
> ─「만질 수가 없다」 전문

　오래 전 니체는 예술을 일러 '가장 성스러운 방탕의 양식'
이라고 보았다. 그것은 현대에도 유효한 언술인데, 역설적
인 도덕의 계보를 통해 인간 사회에 끊임없이 주입된 절대
적 메시지로 받아들여진다. 하지만 인간이 기획한 공동체의
윤리는 예술의 자율성과 초법성에 시비를 걸면서 시인과 소

설가의 상상력을 봉쇄하는 데 그들이 가진 권력을 사용했다. 「만질 수가 없다」라는 텍스트가 보여주는 세계는 소소한 관계에 작동하는 위계를 예리하게 톺아보면서 예술적으로 각성한 개인의 핍진한 정신세계를 보여준다. 여기서 "너"는 미적 이데아로 해석하는 것도 무난하지만, 황용순이 자족하는 코기토의 존재론에 육박하는 단단한 예술적 현실이라고 보는 것도 적절해 보인다. 이때 시인은 성스러운 방탕의 양식으로서의 예술에 '애증'을 드러낸다. 사랑하면서도 증오하는 대상으로서의 예술. 그것은 "밤의 속살"처럼 은밀하게 달콤한 것이고 "어디에서든 왈칵 하고" 쏟아질 것만 같은 절대적 대상이다. 그런데 "만질 수가 없다"니. 빼어난 시인은 다 그렇듯이 황용순에게도 일상 세계에서의 모든 감각적 체험은 곧 예술적 경험이 된다. 그런데 그 과정에서 다른 시인처럼 황용순도 곧잘 단절과 거부를 경험한다. 일상과 예술이 분리되는 것은 곧 통절한 슬픔을 안긴다. 성스러운 방탕의 양식으로서의 예술이 던지는 유혹에 흠뻑 취하고 싶은데, 그게 좌절되는 것이다. 황용순은 자신의 누추한 물리적(현실적) 절망을 예술적 절망으로 치환시키는 탁월하면서도 유효한 전략적 감수성을 보여준다. 시는 이때 시인에게 새로운 차원의 무기가 된다.

**

시인에게 확증편향에 의한 정언적 명령은 가장 노골적이고 위험한 독에 속한다. 그런데 시인들 대부분은 이 매력적인 유혹에 취약하다. 그래서 간명하게 이 삶과 세계를 정의하려고 한다. 그렇게 함으로써 세계의 주관자라는 지위를 차지하고, 몰락 혹은 패배의 위험으로부터 자신을 도피시킨다. 과연, 세상에 떠도는 지혜롭고, 그럴 듯하며, 설득력 있는 아포리즘의 진원지는 거의 대부분 시집이라 해도 과언은 아닐 것이다. 이와 같은 아포리즘의 생산자로서의 시인의 부끄러움이란 과연 무엇인가. 시인에게 당대는 예외 없이 타락한 현대다. 보들레르에게도, 워즈워드에게도, 푸시킨에게도, 이상에게도 그들의 시대는 도덕이 몰락한, 냄새나는 속물들이 지배하는 현대였다. 그것은 황용순에게도 예외는 아니다. 그런 시대에 어리석은 대중이 소비하는 정언명령을 생산하는 지위를 구하는 것은 세상의 타락에 참여하는 것과 다를 게 없다. 진정한 시인이라면 이를 거부하고 이에 저항해야 마땅하다. 이때 유력하게 고안될 수 있는 전략이 바로 앞에서 언급한 몰락 혹은 탕진의 미학적 가능성이다. 몰락과 탕진이 어떻게 타락한 세계의 질서에 맞서는 유력한 대안이 될 수 있을까. 황용순의 시는 그것에 대한 제법 모범적인 레퍼런스가 되어준다.

흔들리는 은사시나무 잎으로 얼굴을 가리고 그늘 모자를 만들어 썼구나
너도 모르고 의사도 모르는 병 하지만 모두 네가 아픈 걸 안다
너무 참으면 병이 되요
참지 않으면?

무력한 슬픔에선 똥냄새와 지린내가 가시질 않고
사람들은 토하지 않기 위해 코를 막고 소독으로 슬픔
을 코팅해버린다
살아서 참 다행이에요
뭐가?
다행인 걸까?
너는 좋은 사람들에 대해 이야길 한다
좋은 사람들은 참 무서운 거 같아
입을 막고 킥킥거리며 박수 짝짝
하얀 것이 하얀 것을 더하지 못할 때
켜켜이 쌓여가는 흰 빛들 그 사이에서 눈이 멀어버리
게 되니까

—「킥킥거리며」 전문

이 시편은 현대사회의 공동체가 권고하는 질서의 체계와
속성을 날카롭게 묘파하며 비판하는 텍스트다. "너무 참으
면 병이 되요."라고 누군가 뻔한 말을 건네는데, 시인은 "참
지 않으면?"이라고 반문한다. 진술에 의하면 "똥냄새와 지
린내가 가시질 않"는 슬픔이 태어나는데, "사람들은 토하지
않기 위해 코를 막고 소독으로 슬픔을 코팅해버린다." 세상
에 뻔한 교술은 이처럼 생생한 실존적 고통 앞에 직면한 이
를 함부로 모독해버린다. 교술, 가르치는 말들, 옳은 말들, 좋
은 말들이 대부분 그렇다. 그것은 이미 고통으로부터 혹은
불안이나 슬픔으로부터 안전하게 떨어져 있는 이들이 주워
섬기기 좋은 당의정에 불과하다. 시인은 이런 교술을 생산하

는 자가 아니라 지워버리는 존재여야 마땅하다. 그것은 교술
의 소비자들이 예외없이 연대하며 저마다 더 많이 갖고 승
리하고 상승하려고 할 때 스스로 다운시프트 버튼을 눌러
몰락과 탕진의 길을 택하는 기품으로서 실천될 수 있다. 그
런 구조를 생래적으로 아는 시인은 "사람들은 참 무서운 거
같아"라고 말하면서 "입을 막고 킥킥거리며 박수"를 "짝짝"
치며 소유와 승리에 집착하는 이들을 조롱한다. 더도 말고
덜도 말고 "하얀 것이 하얀 것을 더하지 못할 때/ 켜켜이 쌓
여가는 흰 빛들 그 사이에서 눈이 멀어버리게 되"는 것을 아
는 까닭이다. 사실 이런 대안 전략으로서의 몰락은 수사학적
으로는 역설적일 수밖에 없다. 부정의 부정은 긍정인데, 부
정의 부정의 부정은 다시 부정인 것처럼 황용순의 시텍스트
가 갖는 구조적, 수사학적 진실은 말을 뒤틀고 바꾸고 토막
내고 이탈시키는 방식에서 구현되는 특징이 있다.

머리끝부터 발끝까지 저리고 저린 시간이 지나면
곧 비가 옵니다
마음이 방울방울지면 어디에서든 당신의 냄새
코를 막으면 들리는 당신의 웃음소리 귀를 막으면
자꾸 간질대는 마음들의 시간이 지나면
살아있다는 고통 그만 두어야 하는 고통
떨어지고 떨어져도 닿지 않는 바닥
기어갈 수도 날아오를 수도 걷지도 못하는 비명
그러니까 당신을 갉아먹는 12월의 어느 날 오후 5시
43분

아직 해는 지지 않았고 제 부풀어 오른 혹은

파닥파닥 꿈틀댑니다

혹이 터져 당신의 바닥을 더럽히는 일

그 더러운 냄새를 당신에게 보이는 일

그런 일들이 일어나기 전에

당신에게 따스한 밥을 만들어드리고 싶습니다

당신에게 제가 맛있는 후식이었으면 좋겠습니다

당신의 잠이 맛나기를 바라며

당신이 잠든 새벽에 떠났으면 좋겠습니다

그때 부푼 혹을 터트려 떨어지는 일을 멈췄으면 좋겠

습니다

—「부푼 혹」 부분

　이 시에서 "당신"은 세속적 세계의 질서로 표상될 수 있다. 장애의 세계 반대편에 구축된 정연한 질서로 위장된 세계 말이다. 그런데 그 세계는 타락해 있다. 타락해서 오히려 매력적이다. 세속세계를 매개하는 대중적 욕망을 탐지하는 감각이 발달한 시인에게 그 세계는 갖고 싶기도 하고 욕지거리를 퍼붓고 싶기도 한 양가적인 세계다. "마음이 방울방울지면 어디에서든 당신의 냄새"가 출몰하며 유혹한다. "코를 막으면 들리는 당신의 웃음소리 귀를 막으면/ 자꾸 간질대는 마음들의 시간"이 찾아온다. 그 유혹은 시인의 감각과 관념, 인식을 교란시킨다. 시인은 마조히스트처럼 그 교란을 즐긴다. 그러나 곧 그 시간이 지나고 "살아 있다는 고통 그만 두어야 하는 고통"과 함께 "떨어지고 떨어져도 닿지 않는 바다"이 나타난다. 상승하는 욕망의 판타지가 끝나고 가라앉는 몰락의 현실이 찾아온 것이다. 시인은 기꺼이 그것을 받아들인다. 이 역설은 무엇인가. 그냥 교란된 감각이 노출하는 모순에 불과한 것인가. 그렇지 않다. 욕망하다가 기꺼이 좌절하고 몰락하는 연쇄적 이미지를 통해 황용순은 자신을 둘러싼 세계의 질서와 시스템이 그만큼 견고하다는 걸 드러내고 있는 것이다. 이때 시인은 "부푼 혹"이라는 독특한 생명적 이미지를 발명해낸다. 나의 패배를 통해, 순응과 복종을 통해 대상의 강력함을 보여주는 것. 순수하고 나약한 존재의 패배를 통해 드러내는 그 강한 대상의 적나라한 치부를 드러내는 전략으로서 혹을 터뜨린다. "혹이 터져 당신의 바다을 더럽히는 일/ 그 더러운 냄새를 당신에게 보이는 일" 그게 시인의 일이라면서. 아, 이 강렬한 메타포라니.

**

스피노자의 '에티카(윤리)'라는 개념을 빌려와 몰락에 접목시켜 현대시인들의 욕망을 해석하는 담론을 제공한 이는 평론가 신형철이다. "몰락의 에티카"라는 수사가 그것인데, 그것을 거칠게 요약하면, 자본이 개인(생명)의 고유한 존엄성을 적법한 방식으로 위협하고 침해하는 현대의 도덕적 조건에서는 몰락이 유력한 대안이 될 수 있고, 이것을 실천할 수 있는 존재들이 시인이라는 것이다. 나는 그 담론에 부분적으로 동의하는데, 왜냐하면, 영민한 시적 자본은 몰락마저 사유화, 독점화, 매판화할 수 있는 위험이 있고, 그것을 경계

하지 않는 한에는 "몰락의 에티카"는 자본의 또 다른 속임수로 전락할 수 있기 때문이다. 몰락은 타락을 숨기는 알리바이가 된달까. 내가 아는 한에는, 그리고 그의 시텍스트를 근거 삼아 짐작하기에는 황용순은 몰락과 탕진을 소비하는 데 있어 그 실존적 지평과 현실적 조건이 구분되지 않을 정도로 밀착되어 있고, 그것이 타고난 기질, 에스프리 등과 맞물려 버라이어티한 언술을 통해 매력적인 핍진성의 세계를 창조해내고 있다. 그 증물로 내가 제시하고자 하는 텍스트는 「오래 전에 죽은 새」다.

> 오래 전에 죽은 새가
> 자꾸만
> 따라다니는 아침
> 허공 속에 피어난 꽃들처럼
> 피어나기만 하고 질 줄 모르는
> 생각들
> 또는 구름과 나부끼는 말들
> 그러니까 왈칵 하고 쏟아진 당신의 얼굴
> 가벼워지지 못하는 날개는 위험하다
>
> ─「오래 전에 죽은 새」 전문

가만 상상해본다. "오래 전에 죽은 새"가 가져다주는 세계는 무엇일까. 왜 그 세계는 "자꾸만" 아침마다 따라다니는 걸까. "오래 전에 죽은 새가/ 자꾸만/ 따라다니는 아침"은 내게는 몰락과 탕진이 완성된 세계의 이데아를 표상하는 걸로 보인다. 영민한 '코기토'로서 시인은 시공과 관념과 인식을 통합시킨, 자신만이 완성할 수 있는 세계를 들여다본다. 그 세계에는 "허공 속에 피어난 꽃들처럼" 생각이 피어난다. "피어나기만 하고 질 줄 모르는 생각들"은 그러므로 지지 않는 몰락이다. 몰락하되 지지 않는 것. 이기지도 않았으나 지지도 않은 세계의 절대적 실존. 그곳에는 또 구름과 함께 말들이 나부낀다. 말이 없었으면 시인은 어쩔 뻔했을까. 그에게 언어는, 다시 말해 입과 혀는 장애가 없는 이상세계인 동시에 그를 매력적인 코기토로 만들어준 절대적 기관이다. "가벼워지지 못한 날개는 위험하다"는 언술에 이르면, 시인에게 말은 오래 전에 죽은, 몰락을 완성한 세계를 떠도는 새가 물어다 준 구원자다. 구원은 그렇게 가볍게, 왈칵, 찰나에 이루어진다.

황용순 시집 『어글리 플라워』는 언어실험 기관으로서 시인이라는 코기토가 만들어낸 일종의 장치다. 시집 전반에 흐르는 비장하면서도 유머러스하고 섹시한 미장센들만으로도 이 시집은 오랫동안 관찰되고 끊임없이 해석되어야 한다.

어글리 플라워

ⓒ2022 황용순

초판인쇄 _ 2022년 6월 8일

초판발행 _ 2022년 6월 15일

초판2쇄 _ 2022년 11월 28일

지은이 _ 황용순

발행인 _ 임요희

발행처 _ 앨리스북클럽

서울 종로구 돈화문로 94(와룡동) 동원빌딩 302호

전화 02-2271-3335

팩스 0505-365-7845

출판등록 제300-2015-8호(2015년 1월 13일)

홈페이지 www.todammedia.com

ISBN 979-11-955305-2-6